# 悪役令嬢に転生したら
# 姐《さん》と呼ばれて親しまれています

目次

# 悪役令嬢に転生したら姐さんと呼ばれて親しまれています

# 第一章　彼女は『元悪役令嬢』

自由都市国家リーメル。

大統領制であるこの国は大海原《おおうなばら》に繋がる港があるため、人や物の往来《おうらい》が盛んで商業が栄えている。

さらに海へと流れる二つの河口に恵まれて、沃野《よくや》は千の広さで民達は豊かさを享受《きょうじゅ》していた。

そんな国のある商店街の一つ「リミア商店街」は規模として小さいが、今「もっとも勢いのある街並み」として注目を浴び、連日買い物客や観光客で溢れ、華やかに賑わっていた。

港から程近い商店街の街並みは、船乗り達の目印になりやすいようカラフルな色合いとなっていて、このリミア商店街も柔らかな紅色や橙色、緑色などに染められた石造りの建物が、軒並みに連なり続いている。

そこを所狭しと人が往来するのだ。

フリルや花飾りのついた小さなパラソルを差して歩く貴婦人達に、段々スカートと呼ばれているドレスを着る少女達。そのドレスは一段ごとに違う柄がついていて、先鋭的な可愛らしさがある。

両親と手を繋ぎ、楽しそうに視線を彷徨わせる幼い少女は、肩からウサギの耳としっぽをイメージした小さなポシェットを提げている。

休憩しようとカフェに入れば、味だけでなく見た目をも追求したデザートの数々。そして衣装を揃えた店員達は礼儀正しく言葉遣いも丁寧で、まるで高級店にいるような錯覚に陥るほど。

しかしこのリミア商店街一番の人気店は「可愛い」「素敵」そして「実用」までも揃えたショップだった。

皆、ここを「ファンシーショップ」と呼んでいた。

(うん、今日も盛況だわ。でもそろそろ新作を考えなくちゃね)

店の外にまで溢れている買い物客を、そっと遠目でチェックをして、今日も「見回り」のため、商店街を闊歩するアデリーナ。

腰まである金髪は裾だけくるりと縦ロールに巻かれていて、明るい日の光を吸収して眩しく輝いている。

澄み切った空の色と同じ瞳は、この商店街の様子に満足している色を滲ませていた。

プロポーションも上から下まで隙がない完璧さだ。

華やかな容姿といい品の良さといい、上級階級の出身だと滲み出ていて隠しきれない。

しかし――残念ながら顔の造りはきつかった。

目尻はつり上がり、眉毛は誇張するように傲慢に上がっている。

「次の可愛らしいファンシーショップの品物」を考えているはずなのに、まるで悪事でも思案しているように口元が歪んでいる。

要するに『極悪面《ごくあくづら》』なのだ。

それも致し方なかろう。


――彼女は、乙女ゲーム世界の『元悪役令嬢』なのだから。


「おい、姉ちゃん！　今ぶつかってきたろう！　あ～あ、見てくれよ！　アイスが服についちまったよ」

「あ～あ。姉ちゃん、こいつの服、めちゃくちゃ高いんだぜ？　クリーニングで落ちるかなぁ、これ？」

「いやぁ、落ちねぇな。弁償《べんしょう》だな！」

往来の真ん中で、アデリーナに因縁を付ける若者達が現れた。

もちろん、ぶつかってきたのは若者の方でアデリーナは避けたが、それでも向こうがわざと体を寄せてきたのだ。

人の往来が多い場所ではよく起こるアクシデントだ。

アデリーナの出で立ちを見て、金を持っていると判断して言いがかりを付けてきたのだろう。

「弁償しろよぉ、姉ちゃん」

「そうそう、体で払ってもらってもかまわないぜ？」

どうにも柄の悪いゴロツキな奴らだ。醜悪な考えが表に出てしまい、アデリーナの極悪面とはまた違った趣《おもむき》を出している。

しかし、因縁を付ける相手を間違えたとゴロツキ達は一瞬にして悟った。

アデリーナがゴロツキ達に振り向いた刹那、射抜かれる氷の視線。

つり上がった、冴え冴えとした青の瞳と、不機嫌そうに下がる口元は「修羅場を生き抜いた者の貫禄」が備わっていた。

いつの間にかアデリーナを守るように、黒色のジャケットを着た男が立ちふさがっていたのだ。

橙色《だいだいいろ》の髪をきっちり後ろに一本にまとめ、前の毛を逆立てている。

背は高く、上背《うわぜい》があり、なかなかの色男だ。

まだ十代と思われるが、醸し出す雰囲気は尋常ではなかった。

触れただけでも絶命してしまいそうな『魔力』まで出している。

魔力が世界の源で、また生活の手段の一つとなっているこの大陸では皆、大小はあるが魔力を感知できる能力を身につけている。

ゴロツキの感知力は微力であったのにもかかわらずわかったということは、この男が溢れるほど魔力を放出しているからなのだ。

橙色の髪の男は、ゴロツキ達を睨みつけながらズイズイと迫ってきた。

「それは失礼を。この往来ではなんですから……わたくしどもの事務所で話をつけましょう」

態度とは真逆の至極丁寧な言葉遣いに、ゴロツキ達はかえって気味悪がる。

「い、いや……。こ、このくらい拭けば大丈夫そうだ！　わ、悪かった。こんな路の真ん中で引き止めてしまって」

じりじりと後ろへ下がり逃げの体勢なのに、橙色の髪の男はまた距離を縮めてくる。

「そういうわけにはいきません。汚れてしまっているのは本当なのですから。お召し物を綺麗にしましょう」

そうゴロツキの一人の腕を掴んだと思ったら、ゾロゾロと数人、また男達が集まってきて、他のゴロツキ達をも捕獲する。

「アデリーナの姐《あね》さん。少しの時間失礼します」

橙色の髪の男が腰から直角に曲げアデリーナにお辞儀をすると、ゴロツキ達を連れていってしまった。

「リベリオ、初犯なら手加減してあげてね！」

そうアデリーナは言ったが、果たして手加減してくれるだろうか？

橙色の髪の男――リベリオと他のゴロツキ達を捕獲していた部下の様子を思い出す。

穏和な物腰なのに、体全体から殺気が放出されていた。

「……駄目だわ。服だけじゃなくて彼らの身体ごと綺麗に消されそう！」

アデリーナは踵を返すと彼らの後を追って走る。

「リベリオ！　ちょっと、待って！　私も行くから！」

せっかく転生してヒラヒラドレスの似合う金髪碧眼の女子に生まれ変わったというのに、この世界でも「姐さん」と呼ばれて前世を同じ「仁義《じんぎ》と任侠《にんきょう》」道に進んでいるなんて――。

「どうしてこうなった！」

アデリーナは追いかけながらここまでの経緯を思い浮かべた。

# 第二章　乙女ゲームの悪役令嬢だったと気づいて指詰めます

「アデリーナ・バルフォルア！　サリア・スー殺人未遂で公開裁判にかける！」

フェルマーレン国王宮の謁見場《えつけんじょう》で、それは突然に始まった。

フェルマーレンの王太子ランベルトの冴え冴えとした声が、謁見場によく通る。

アデリーナはそう思いながら己の失敗を思い浮かべ、屈辱に天井を飾る巨大なシャンデリアを見上げる。

繁栄の象徴ともいえるクリスタルのシャンデリアは眩しくて、アデリーナは目を細めた。

（そう、わたくしは失敗した。サリア・スーをこの手で殺すことに）

殺すつもりはなかった。ただ身の程を知って自分の前から、学園から、そしてランベルト様と婚約者オルラルド様から去ってほしかっただけ。

けれど、サリアの存在は日に日に大きくなって、学園だけでなく国に必要不可欠となっていって、ランベルト様やオルラルド様と一緒にいる時間が多くなっていった――自分より。

自分より魔力に恵まれ、自分より王国に必要とされて、自分より王子達に愛される女性はいらない。

でも、殺そうとは思わなかった。

視界からいなくなってくれれば、それでよかった。

なのに……。

「平民のくせに貴族の言うことを素直に聞けないから……いけないのだわ」

謁見場の王の台座に座るのは、国王の代理としてランベルト王太子。

その横には私の婚約者だったオルラルド王子――と、サリア・スー。

まるで恋人同士のように彼女の肩を抱くオルラルドを見て、アデリーナは胸が苦しくて発狂しそうになった。

爆炎《ばくえん》の魔法をその場で詠唱《えいしょう》しなかったのは、嫉妬していると思われたくなかった。プライドが勝ったからだ。

昨夜、書面で『婚約破棄』を言い渡され納得できず朝、学園で問い詰めたら「放課後に説明する」と、この謁見場を指定されたのだ。

嫌な予感はしていたけれど、その時点ではまだ話し合いの余地はあると考えていたし、たかが平民の子一人が怪我をしたくらいで自分が罪に問われるなんて思わなかった。

「怪我で済んだのだからいいじゃない……。なのに、どうして貴族のわたくしが責められなくてはならないの？」

　ぼやいても自分の声は届かない。また誰も聞く気などない。

周囲には学園の生徒達。学園は広い王領内に建てられていて、王宮と隣あわせ。謁見場はよく集会場としても利用されているせいか、気軽に集まってきたらしい。

周囲にはアデリーナの味方をする生徒なんて、一人もいなかった。

いつも自分を取り囲む取り巻きの令嬢達も飛び火を恐れ、この場にいない。

皆、好奇の目で自分を見ている。

これから始まる断罪イベントを楽しみにしながら。

「イベント……？　そうよね、イベントのようなものよ。人、一人、しかも貴族のわたくしが地獄に堕ちる様を見学できるのだもの」

「イベント」という言葉に懐かしさを感じてしまうのが不思議だったが、深く考える心の余裕は、もうアデリーナにはなかった。

もう陛下も父も、このことは知っているだろう。そして昨夜から時間があったのにもかかわらず、父は何の対策も講じなかった。

「……父もわたくしを切り捨てる算段《さんだん》だったのね」

　わたくしが何をしたと言うの？

ただ父の教えに従っただけなのに。物心つく前から王家との結婚を目指し、気高《けだか》く生きよと言ったのはそっちなのに。

なのに、なのに。

わたくしの生き方も生もすべて無駄だったとここで宣言されて「死ね」と言うの？

晒《さら》し者にされながら？

アデリーナは屈辱の海に溺れて死んでしまいそうになった。

視界がクラクラする。

息が苦しい、止まりそう。

シャンデリアが眩《まぶ》しい。

クリスタルのシャンデリアが窓から差し込んでくる日の光を吸収して、眩しく照り返してくる。

その光に吸い寄せられていく感覚にクラクラしているのに目が離せずに、アデリーナの意識は遠くなり、閉じられた。

「アデリーナ・バルフォルア！　答えろ！　サリア・スーを呼び出し、自《みずか》らの魔法で創りあげた『炎の剣』で殺害しようとしたのは間違いないのだな⁉」

「……えっ？」

この台詞。この舞台。繰り広げられている断罪光景。

目の前で偉そうに座っている金髪のイケメンは……もしかしたら「ランベルト」？

その隣にいるサラサラとした銀髪のイケメンは「オルラルド」？

肩までのタンポポみたいな柔らかな色の髪の少女は「サリア」？

そして今、自分のことを「アデリーナ」と呼ばなかっただろうか？

シャンデリアから視線を下ろすと、自分の着ている膝下丈《ひざしただけ》の制服を摘まんだり、髪を弄《いじ》ったり、頬に触れたりする。

そんな不可解な行動を始めたアデリーナに、ランベルトは苛立《いらだ》ちを隠さず声を上げた。

「素直に罪を認めるなら、『リクシル学園退学』及び『国外追放』我が弟である『オルラルド・レイ・フェルマーレンとの婚約破棄』で済ませよう。……ごねるなら……わかっていよう？　その他に魔力封印に『牢獄』または『強制労働』が加わる！」

「ちょっと刑罰の量、多くない？　でも、ゲーム内の悪役令嬢だものね。このくらいじゃなくちゃプレイヤーもスカッとしないわ」

「何ブツブツ言ってるんだ！　異議があるならはっきり聞こえるように言え！」

ランベルトが声を荒げる。

「ゲーム内でランベルト様がアデリーナに、あんな風に声を荒げるシーンってあったかしら？　……………………ん？」

——ここでようやく気づいた。

「……ちょっと待って。アデリーナって……私？」

そういえばこの風景、最近熱中していた乙女ゲームのワンシーンとそっくりじゃないか？

「あれはイラストだったけど、こっちはリアル……」

どういうこと？

私、いったいどうしたの？

これは夢？

「確か私……道路に飛び出していった幼児を庇《かば》って……」

トラックに轢かれて、仰向けに倒れて、日の光が眩しくて吸い込まれそうで目を眇《すが》めたら……。

「私、死んだんだわ……！」

唐突に思い出した。

前世は『日本』という世界で自分の名前は『有吉凛子《ありよしりんこ》』という名前で——。

『仁義』と『任侠』の家庭で育ったということを。

有吉凛子。享年《きようねん》二十二。

「正しい任侠精神」を持つ、今時珍しいヤクザであった有吉組組長の一人娘だった。

地元を支える小さな建設会社が表向きで、組員は全員建設会社社員として働いていた。

(ちゃんと建設にも携《たずさ》わっていた)

極小の組だったこともあるがアットホームな雰囲気で、地元の人達に好かれていた。

というのも、堅気《かたぎ》には暴力は振るわない。常に低姿勢であり、困った人を助ける勧善《かんぜん》懲悪《ちょうあく》をモットーとしていたからだ。

そんな家庭で育った凛子だったが、小さい頃から『神童』と呼ばれる才女《さいじょ》であった。

一を聞いて十を知る、と大げさだが聡明でまた容姿も『和風美人』と囁かれ、着物を着れば、道行く人々に注目されるほど。

着物をよく着るだけあって日本古来《こらい》の習い事、琴《こと》や花、茶道など得意だった。それに親の方針で体術も会得《えとく》しており、合気道の有段者。

しかも和食を作らせたら、おじさま達が揃って感嘆するほどの腕前。

学生時代には男女共同のファンクラブができるほどだ。

「まあ、有吉さんのところのお嬢さんよ。いつも素敵ね」

「本当に。あんなに完璧なお嬢さんっているのねぇ」

道を歩けば注目を浴び、目を合わせれば「楚々《そそ》」とした笑みを浮かべ会釈をしながら、

「何かお困りになっていることはありませんか？　私にできることがあったらご相談に乗りますから」

と優しく声をかける毎日。

これも『仁義・任侠』。

真に困っている者達に手を差し伸べ、不正に立ち向かう有吉組の正義である。

――しかし。

だが、しかし。

凛子には親にも組にも、誰にも言えない秘密があった。

「凛子ちゃん、実家を離れて一人暮らしをするんですって？　寂しくなるわぁ」

「凛子ちゃんは美人だから気をつけなよ。ストーカーに狙われないようにな。これよかったら、防犯ベルだ。婆さんと何を贈ったらいいのか悩んだんだが気に入ってくれるといいんだけどな……」

携帯用の防犯ベルを渡されながら、近所の老夫婦に心の底から心配される。

「ありがとうございます。お気持ち、嬉しいです。でも勉強という名目なので数年経ったら帰ってきますし、時々実家に寄りますから。何か困ったことがあったら遠慮なく父やうちの社員に相談してくださいね」

と涙ぐむ老夫婦に会釈をし、準備があるので、と下宿先であるマンションの一角に向かう。

「お前は強いが油断は禁物だ」と父が用意してくれた賃貸マンションは、女性専用マンションで、二十四時間コンシェルジュがいる。

しかも、男性は入室禁止という若い女性にとって、少々窮屈《きゅうくつ》を感じさせるが——凜子には渡りに船であった。

なにせ、父親に会うのもロビーでという厳しさのマンション。

実家にいるときのように、住み込みの社員達が「掃除を」なんて言って勝手に入ってこれないし、父がこっそり「つきあっている男ができたか？」なんて勘ぐって部屋を漁ることもないのだ。

（ようやく……ようやく……たとえ数年の間だけでも、憧れていた生活が送れるんだわ！）

カード式の鍵を開けて自室に入ると、好きなカモミールの香りに凜子はホッとする。

この香りを炊くことさえも実家では無理だった。

思いっきり息を吐き出し、今までの思いを込めて凜子は叫んだ。

「はあああああああああああっ！　さっっっっっっい、こおおおおおう！」

自分の趣味尽くしで装飾した部屋に、ウットリとする。

白を基調とした家具は、すべて海外からの輸入品で、選びに選び抜いた憧れ姫系。

天蓋付きベッドのカーテンは、フリフリフリル満載！

フローリングの床には毛が長めのロマンチックな絨毯。

地中海のカフェを連想させるようなダイニングセット。

ピンククリスタルのシャンデリアの照明。

凛子は、うっきうきで部屋に入ると早速着替える。

実家では到底無理だったナイトウェアもちろん、フリル満載のワンピース型だ。

アンティーク調の全身鏡の前で裾を掴みながらくるん、と一回転をし、

「浴衣《ゆかた》や味気ないパジャマよ、さよなら！」

とポーズを決める。

それから鼻歌交じりにコンロに火をつけ、湯を沸かした。

「お取り寄せのチーズケーキには、キームンの紅茶がいいかしら？」

紅茶をいれるカップは、まるで花や果実のように見える淡い色でありながら、華やかさのあるティーカップ。

紅茶を蒸らしている間にケーキをカット。

「いただきます」

とフォークでサクッと濃厚なチーズケーキを一口。キームンの少し癖《くせ》のある紅茶を一口。

「んんんんん！　美味しい！　和菓子もいいけれど、やっぱり洋菓子ってさいっこう！　実家だと、お父さんが洋食苦手で食べられなかったからしんどかったぁ」

一口、もう一口と、あっという間に平らげてしまう。

凜子の家は父親が「日本人は和食だ。日本の心が詰まってる」と、毎食毎食和食しか出てこなかった。

だから小学校に上がったときに出てきた給食のメニューに驚いた。

お呼ばれした誕生日パーティーのケーキの華やかさにも驚いた。

遠足時の、お友達のお弁当のプチトマトや、ハートやお花に切り取ったウインナー、唐揚げ、ハンバーグを見て驚いた。

それはカルチャーショックと言っても過言《かごん》ではない。

思い切って父に「洋食が食べたい。ハンバーグやオムライスとか、カレーとか、クッキーとか」とおねだりしたことがあった。

幼い一人娘の願いに父は折れた。

母は凜子が小さいときに病死してしまい、父子家庭だったので通いのお手伝いさんに頼んで作ってもらったのだ。

小学生だった凜子のためにお子さまランチ風に用意してくれて、嬉しかったが——その夜、父は胃痛で病院に運ばれてしまったのだ。

そこで判明したのだが、日頃「和食だ」と言っていたのもそれなりの理由があって、オリーブオイルなど、海外で使用される調味料を胃が受け付けない体質だったらしい。

「それから洋食食べたい洋菓子食べたい、なんて言えなくなっちゃったのよねぇ」

そんな父につきあって、和食に和菓子に琴だの三味線《しゃみせん》だの日本舞踊だのやってたら『純和風なお嬢様』というイメージが固定してしまって、それから抜け出すことができなくなってしまったのだ。

「けれど！　しばらくは自由！　煮物は煮物でもチキンのトマト煮込みを作るわよ！　パエリアだってビーフストロガノフだって、世界中の料理に挑戦するの！　――それと！」

凛子はベッドにダイビングすると、サイドテーブルに置いてあった携帯ゲーム機とロマンス小説を胸に抱えた。

「はぁ……癒やされる。乙女ゲームもやり放題！　ロマンス小説も読み放題！　部屋に入ってくる父も父の部下達もいないから隠さなくていいなんて……なんて幸せなの！　ロマンス小説をうっかり机に置いといたら『お嬢様、海外のこ、こんな、俺様胸毛野郎どもがお好きなんで？　これじゃあ、日本のヤクザと同じじゃありませんか！』とお前もヤクザだろ！　と突っ込みたくなる悲痛な顔をして持ってくるし、乙女ゲームをやろうとしたら『お嬢様がこんなゲームをなさるなんて』とショックを受けるし。『和風女子』の印象強調しすぎちゃった弊害《へいがい》だわ……」

我慢しすぎて極端に走ってしまった結果が、この下宿先の『お姫様風』インテリアと服装なんだと凛子は思う。

数年は自由にやらせてもらったら、きっと満足して落ち着くだろう。


そうして四年が経ち、家業《かぎょう》を継ぐ勉強のため、他社の建設会社の新入社員として採用された凛子だったが『お姫様』への憧れは消えなかったのだ。

『和』と違う華やかな彩色と装飾に凛子はのめり込んでいく。

本来ならば十代前半で解消すべき『可愛いもの』への欲求。

手にするのが遅かったため、『オタク』と言われる域までに達してしまった。

とりあえず四年いて馴染んだ、学生向けのマンションから引っ越さなければならない。

凛子はあらかじめ、フリルや四年かけて集めたぬいぐるみや可愛い小物、そしてロマンス小説や乙女ゲームをトランクルームにぶちこむことにした。

今は便利なもので、軽作業なら滞在OKのところもある。

欲望に逆らわず集めに集めた収集品をトランクルームに積み、証拠隠滅させて、やれやれと帰路についた。


（その時だわ……！　赤信号なのに横断しようとした幼児がトラックに轢《ひ》かれそうになっ

て……私、咄嗟に……）

ここにいるということは、生まれ変わったのだろう。

そして転生先は――。

「……死ぬ間際までやっていた乙女ゲーム『誓いの王国』の世界だわ！」

『誓いの王国～運命の彼』が正式な本タイトルだ。

魔法が発達した世界。魔法国家として名高いフェルマーレン王国。

王宮の広大な土地に設立された魔法の学舎「リクシル学園」が舞台。

各国の王子達や貴公子、裕福な子息が集い、魔法だけでなく一般教養も学ぶ。

そこへ「特待生」として学費免除で入学して来るのが、プレイヤーが操作するゲームヒロイン・サリア（名前変更可）。

一年に一度の所謂、入学試験である魔法適性検査で「何か」に反応し「特待生」として入学した。

「どうして入学できたのかしら？」

ヒロイン自身は孤児で孤児院育ち。基本の教育は受けてきたが、魔法は家事一般で利用できるスキルのみ。

なのに孤児院の院長は、リクシル学園の入学試験を受けるよう強く勧めてきたのだ。

――ヒロインの隠された秘密を探るとともに、学園、王宮内で起きるヒーロー達の恋愛イベントを網羅《もうら》せよ！

があらすじだった。

（ネタバレだけどヒロインサリアは解毒《げどく》やアンデット化を直す聖属性の治癒《ちゆ》に、魔族に有効な『浄化』スキル、しかも広範囲に放つことができる能力で、亡国神政《しんせい》エメラの巫女の血筋だったのよね）

――間違いない。

この断罪イベントは、もう何回も見ている。

なんて言っても、メインイベントの一つで、サリアに対する王太子ランベルトとオルラルドの恋愛度が上がれば、否応なしに嫌がらせをされる。

しかもオルラルドの恋愛度は上がりやすく、とにかくアデリーナとの接触度が高いのだ。

通常でプレイすれば必ず、この断罪シーンが出てくるわけなのだ。

（『意地悪な美少女が断罪されるシーンはスカッとするけど、何回も見るといい加減飽きるのよ～』というレベルで出てくるしね！）

と一人心の中でツッコミを入れる。

そう、確かにそれとまったく同じ光景が繰り広げられている。

王宮の謁見場が会場で、寸分違わず同じ造りに装飾。

自分が着ている主要人物っぽい制服も差別化されている。

そして目の前に堂々と鎮座しているキャラクターにも覚えがある。

攻略対象の一人。

王太子であるランベルト・ルイ・フェルマーレン。

その隣でヒロインの肩を抱いているのは、ランベルトの弟である第二王子のオルラルド・レイ・フェルマーレン。

彼も攻略対象の一人で、悪役令嬢アデリーナ・バルフォルアの婚約者。

……

…………

…………

一瞬思考が止まったが、すぐにフル回転し状況判断をした。

この場で自分がこうしてアデリーナとしている。

しかも見慣れた『断罪シーン』！

「ええと……私は乙女ゲーム『誓いの王国』の悪役令嬢アデリーナ・バルフォルアに転生してしまった……」

ようやく今のこの状況を理解した凛子——今やアデリーナは、真っ青になった。

同時に『アデリーナ』としてやってきたサリアへの嫌がらせが、走馬燈《そうまとう》のように脳裏に駆け巡る。

（しかも私……さ、殺人未遂まで……！）

いや、わかる。アデリーナの気持ちも少しはわかる。同情もする。

バルフォルア家の威信にかけ、ようやく取り付けた王家の直系との婚約。

「王家の一員となるべく教育」を小さい頃から厳しく受けてきて、プライドも態度もでかくなってしまったのに、ポッと出の市民育ちにかっさらわれていくんだから。

特に今回は婚約者のオルラルドだし！

これがランベルトなら、まだ気持ちの置き所があったかもしれないけれど！

そもそも、オルラルドの惚れやすさに原因があるというのに。サリアへの好感度がすぐに上がるくせに！

（だけど！　この虐《いじ》めはアウトだわ……！）

凛子だったときの教えが今、アデリーナを襲う。

『いいか、凛子。堅気の人間を理不尽に痛めつけてはなんねーぞ』

『はい！』

『もし、己《おのれ》の欲望や仁義に欠けた行いで傷つけたら……わかっているな？』

『はい！　――』

がくん、と膝を床につけたアデリーナの異変にランベルト含む、皆が注視する。

「……詰《つ》めます」

「詰める？　何をだ！　何を訳のわからんことを！」

アデリーナが制服のポケットから出してきた物を見て、皆がギョッとする。

――自害？

いや、アデリーナがそんなことをするはずない。貴族の中でも上位に位置する『公爵』家のバルフォルア家。その一人娘として育った彼女は傲慢さが集結してる。

平民の娘にしたことは当たり前だとして後悔するはずもないし、自分が悪いと思っていないはずだ。

――では、やけっぱちで攻撃するつもりか？

その場にいた魔法剣士達は一斉に剣を抜いた。

だが、アデリーナの次の言葉と行動に皆、ど肝《ぎも》を抜かれたのだった。

床に手の甲を上にして置くと、短剣の刃を小指に当てたのだ。

「指を詰めます！」

「ま、待て！　なぜそこで指を切る話になるんだ！」

ランベルトが慌てた様子で椅子から腰を上げ、腕を前に出し引き止める仕草をとった。

「嫉妬にかられたとは言え、堅気の者に手をかけようとした罪、万死《ばんし》に値《あたい》します！　私にとって絶対あってはならないことをしでかした。自分なりの落とし前、つけさせてもらいます！」

「や、やめたまえ！　指を切って何になるというのだ！　罪を認め、サリアに謝罪すれば『リクシル学園退学』及び『国外追放』と、我が弟である『オルラルド・レイ・フェルマーレンとの婚約破棄』でよいと言っているだろう！」

「それでサリアさんへの殺人未遂の罪が消えると？　本当にお思いですか？」

アデリーナになぜかキッと睨まれ、逆に説得されるランベルト。

「しかしサリアがそれでいいと――なぁ？」

サリアもオルラルドもうんうん、と顔を引きつらせて頷き、同意している。

アデリーナのいつもと違う様子に頭が追いついていないようだ。

周囲もアデリーナが、いつもの彼女と違うことに動揺していた。

プライドも天高く、傲慢で、ランベルト王太子とオルラルド以外の生徒は下々の者達と見下していた口調と態度。

それが自分の罪を認め、指を切るという不可解な決着の付け方をするというのだ。

それに――。

「今『サリアさん』と言わなかったか？　いつも俺達のこと『ちょっとそこの貴方《あなた》』と名前なんて言わなかったのに」

「そうよね……奇行《きこう》といい……ちょっと不気味……」

もしかしたら断罪されて気がおかしくなった？

ザワザワと騒ぎ出す生徒達にお構いなくアデリーナ――凛子は覚悟を決めた。

「自分なりの落とし前です！　大丈夫！　関節の部分から一気に切り落とせば……」

「魔法医療はーーーーーん！　駆けあーーーーーし!!」

生徒達の絶叫と駆けつける魔法医療班。そしてアデリーナを止めようと乱入する腕に覚えのある生徒達。

しばらくカオス状態が続き、収束したのは国王が登場してからだった。

# 第三章　シナリオ断罪後の悪役令嬢は自由に生きます

（まさか、魔法で指が繋がるなんて思わなかった……さすがゲーム世界）

決死の覚悟で自ら罰したら、その場で治療されました。

首斬られても魔法で復活ということもある世界なのかしら？　とつらつら思いながら、列車を降りる。

降りた先は新居住地になる『自由都市リーメル』。

リーメルを中心にその周辺地域が一つになり、小国家となった。

貿易が盛んで、いろいろ珍しい品が溢れかえり新しい流行もここから生まれることが多い。

ゲームでは名前しか出てこなかった都市だ。

登場しなかった都市ではあるが、こうして降りてみると大変賑やかだ。

駅は赤煉瓦《あかれんが》造りで、天井は開放的なガラスのドームで覆われている。

（どこかで見たことがあると思ったら、某魔法使いの映画だわ）

駅から出てみると、やはりイギリスの主要駅と似た外観だった。

まあ、乙女ゲーム世界観だし。前世と似ている光景があった方が凛子としての記憶を思い出した自分にはしっくりくる。

リアルで転生し、ゲームキャラクター『アデリーナ』になった凛子は、この都市に住むことを決心したのだ。

断罪イベントの後、アデリーナがどうなったのか――ゲーム上で語られることはなかった。

プレイヤー達の想像に任せたのに違いない。

自分もプレイしていた頃は「きっと着の身着のまま国外に追放され、のたれ死にかなあ」なんてちらりと思ったりしたし「いやぁ、流れ流れて暗黒街のボスとか？」とも思った。

実際にアデリーナに転生したら想像と少々違っていた。

なにせ、断罪シーンに国王なんて登場してこなかったし、そこからまず違う。

「国の中枢《ちゅうすう》を担《にな》う公爵家の令嬢を勝手に裁《さば》くでない！」

とランベルトとオルラルド兄弟が揃って叱られていた。

「いえ、私が悪いので彼らに罪はありません」

なんてアデリーナが庇う事態。

聞けば婚約破棄は承諾したが、退学や国外追放まで承諾していないという。ランベルトとオルラルドはサリアが学園、および国内で安心して暮らせるようにするには、アデリーナを国から追い出す他ないと思い込んだというのだ。

アデリーナの父はこれ幸《さいわ》いとして「慰謝料！」と騒いだが、実際にサリアに対し殺意があり、未遂とはいえ殺そうとしたのは事実だ。

相殺《そうさい》され、アデリーナが殺人未遂という罪を犯したことは、あの断罪シーンで広まってしまった。

さすがに払拭《ふっしょく》できず、アデリーナは予定通り国外追放され、バルフォルア家から去ることになった。

記憶の中で父親は冷酷だったが、やっぱり冷酷だった。

慰謝料も取れない、価値のなくなった娘を呆気なく屋敷から追い出したのだから。

(さすがアデリーナを歪ませた張本人だわ。着の身着のまま追い出すなんて前世のヤクザでもそうそうないわ)

逆に感心してしまった。

そんなアデリーナを追いかけて、

『これを売ってお金に換えなさい。身体だけは厭《いと》いなさいね』

と、宝石の入ったポシェットを渡してくれたのが母親だった。

物静かでいつも夫に逆らわない母が、動いたのだ。

『お母様……』

ほろり、と思わず涙がこぼれる。

凛子のときには母という温《ぬく》もりを知らず育った。父は厳しくも優しい親であったが、母親とは違う。

アデリーナの記憶の中の母はいつもオドオドしていて、彼女にとって癪《しゃく》に障《さわ》る存在だった。

けれどアデリーナとしての母への感情も、ここで氷解したように感じる。

しかも渡してくれたこのポシェット、優《すぐ》れ物の一品だ。

『こっそり手紙を送ります』

そう言うと嬉しそうに頷く母。

追放されてアデリーナは、ようやく母と通じ合ったのだ。


そうして順調（?）にゲーム世界から離脱《りだつ》したアデリーナは、身支度を整え、単身リーメルにやってきたのだった。

「ゲームをしているときには気にならなかったけれど、アデリーナ本人になるとこの、フランスパンが何本もぶら下がっているようなヘアスタイルが、いかに場に馴染《なじ》まないのかわかるわ」

クルックルの見事な縦ロール。

豪奢なドレスなら似合うだろうけれど、『誓いの王国』は学園物でほぼ制服だ。確かに主要キャラ達は制服をいじったデザインだったが、この煌《きら》びやかな顔にヘアスタイルとはミスマッチだった。

「毛先だけクルッと…………したら、なんということでしょう！　根本までクルッとフランスパンヘアに！　アフターの方がひどいってそんなのあり？　癖なの？　これ？　癖でロールパンになっちゃうの？」

なんという癖毛だろう。早々と諦めた。

「いいわ。このまま流せばゆるふわなヘアスタイルだし。むやみに弄らない方が正解ってことね」

服は凛子時代には着れなかった、というより着て外出する勇気の出なかったゴスロリ系。

裾に向かうと色が薄くなる青地の膝下スカートに、七分袖のアンブレラスリーブのブラウス。

襟は丸襟のローマンスタイル。レースの膝上靴下が見え隠れするくらいの長さの紐ブーツ。

というか、この世界観ではこれくらいのフリフリは通常使用だった。

「やっぱりアデリーナってキャラはこういうの、似合うわ～。顔がもう少し甘めだったらピンクとか最高に似合うのに」

でもこれで十分、文句は言わない。凛子のときより西洋のお嬢様スタイルが遙かに似合うのだから。

うっきうきで闊歩《かっぽ》する。

都市中心のリーメルより多少離れた地区の方が安かろうと、徒歩十五分ほどの『アローラ』に向かった。

ガイド本によれば、観光地で治安も良いということだ。

カラフルな色合いの建物に惹かれやってきたものの、

「さて、問題は年端《としは》もいかない女の子に部屋を貸してくれる不動産屋があるかどうか、よね」

なかったら安い宿屋を拠点にするしかない、と腹を括っている。

それはそれで冒険者のようで楽しいだろう。

だがさすが世界のゲーム設定。あっさり部屋を借りることができた。

「優しい世界だわ～」

家出娘と勘違いされないか？　とドキドキしたけれど、金払いがよければそこはノープロブレムらしい。

質のよい宝石を渡してくれた母に感謝しなければ。

カラフルな建物が建ち並ぶお洒落な立地で、煉瓦を敷いた舗道に中央広場には噴水がある。

その噴水広場を中心に道が五つに枝分かれしていた。

アデリーナの下宿先は、分かれた道のうちの一つ。アパートメントやコンドミニアムが建並ぶ地域だ。

アデリーナは共同住宅より高めでコンドミニアムより安い、風呂トイレキッチン付きのワンルームタイプを選択した。

このあたり、日本の下宿事情を参考にしたのだろうか？　という造りだ。

「『誓いの王国』って制作は日本のゲーム会社だしね。よくよく思い出せば、学園やフェルマーレン国って魔法が使える以外、凛子だった前世の現代そのまんまだった気がする……」

水洗トイレもあったし、シャワー設備もあった。

食堂にいけば、食べ損ねた生徒向けに温めて食べられる冷凍食品やレトルトもあった。

食材やメニュー、それに生活環境があまりにかけ離れているとプレイヤーにとって想像しづらいのかも、とアデリーナは凛子の記憶を辿り一人頷く。

「でも、ゲーム世界に転生するとは思わなかったわ」

そう言いながら窓を開ける。

窓額縁があり、プランターを設置できる花台が取り付けられている。

ここに座って、景色を眺めながらティータイムというのも良さそうだ。

現に今、隣のコンドミニアムで窓際に座ってギターを弾いている若者がいる
空を仰げば屋上では建物から建物に紐を渡らせ、洗濯物が干され、風に揺れている。

「海外的な光景ね。新鮮だわ！」

ここからアデリーナの新しい人生が始まるのだ。

凛子としての人生はとうに終わっている。

どうして前世の記憶が甦ったのかわからないけれど。

父に『バルフォルアの名を名乗ることは許さん』と言われたので、母の姓をもらい、アデリーナ・バルフォルア改めアデリーナ・カルシィと名乗ることにした。

せっかく憧れのドレスに似合う派手な容姿に生まれ変わったのだ。

「悪役令嬢としての人生は終わったし、いろいろな意味で心を入れ替えて、今度こそ乙女な生活を満喫させるわ！」

早速、必需品を買いに母から渡されたポシェットを提げ、外へ飛び出した。

実はこのポシェット、優れ物で小さいのに魔法のおかげで大容量入る。

どんなに大きくても一部分入ればスポッと入るし、重量皆無になるのだから、家族単位の引っ越しもこれ一つあれば容易だろう。

しかし小さければ小さいほど値段は高い。おそらく大きな屋敷一軒、余裕で買える。

ポシェットに価値を見い出し、その中に宝石やアクセサリーを詰め込みまくって渡してくれた母にグッジョブを送りたい。

目指すは商店街。

「ええと……商店街は三つ。それと海岸沿いね」

住民らしきお婆さんから聞いたところ、噴水広場で海側を真正面に見て後ろが商店街＋アデリーナが下宿している住宅街。

左の海沿いに並ぶのは所謂リゾート地で観光客用のホテルやマンション、お店が建ち並び、海水浴場もあるという。

右は港へ続く道で、市場がある。毎日新鮮な魚が入ってくるということだ。

アデリーナは借りた部屋の内装を思い起こす。

ベッドや棚、クローゼット、二脚のテーブルセット、魔法仕立ての冷蔵庫や照明など常備されていた。

「最低限の家具は揃っているから、日用品を揃えなくちゃ。あと食材」

なら三つある商店街から回ろうか？　と端から入っていった。

ざっと見て回って良くも悪くも『ザ・日用品』だった。

日常、何度も使用しても丈夫にできているシンプルな物。

そして歩いていると時折、大きな壁に行き当たる。誰か有名な画家が描いたのだろうか？　芸術画とまでいかないがポップな壁絵が描かれている。

しかも、商店街の三つのうち一つは寂れているどころじゃない。所謂『貧民街』であった。

まともに営業している店は、噴水広場に面している店だけ。

アデリーナは期待を込めて、観光客用の店が並ぶ海岸沿いに向かった。

さすがタオルや石鹸など高級っぽい商品が置かれている。

（ただ……なんというかデザインがみんな一緒……）

ブランドカラーなのだろうか？

ほとんどピンクの薔薇。もしくは天使の絵柄入りでたまに、たまーに木苺柄《きいちごがら》や船柄などが置かれている。

この木苺柄や船柄はお子さま用だろうか？

（仕方ない。背に腹は代えられないわね）

石鹸《せっけん》入れやハンガー、風呂用品や枕カバーにシーツ。

スリッパに小さな絨毯。カーテン等を購入する。

一旦、購入した荷物を置いて、鍋などキッチン用品や食材は商店街で買うことにした。

それでも夕方には必要な物は揃い、アデリーナは満足だった。

早速カーテンやシーツをつけたり、テーブルクロスやクッションを置いたりして部屋を充実させる。

味気ないよりは、と購入した薔薇模様の日用品だったが、思っていたよりよかった。

今夜の食事は、日用品と一緒に購入したサンドイッチとスコーンだ。

(明日の朝は港に出向いて、新鮮な魚を食べながら食材を購入しましょう)

朝から動きづめの身体は、お腹を満たすと眠気が生まれてくる。

アデリーナはシャワーを浴びてさっさと眠りについた。


朝早めに起床したアデリーナは、ゆっくり散策しながら港へ向かう。

今日もいい天気だ。

波も穏やかで、ウミネコが楽しげに鳴きながら悠々と澄み切った青い空を飛び交っているのを見ると、嬉しくなる。

凛子としての人生もアデリーナとしての人生も周囲の目を気にして『優等生』でいなければならなかった。

まだアデリーナの人生は終わっていないけれど、『バルフォルア家貴族令嬢』としての生き方は終わった。

これからは自分を押し殺さなくていいのだ。

（……アデリーナの人格が消えてしまったのが謎だけれど）

プライドの高い彼女は、学園中の晒し者になったあの断罪シーンで憤死《ふんし》してしまったのではなかろうか？　それで前世の自分の人格が出てきてしまった……。

これも憶測にすぎない。

しっかりアデリーナの記憶も魔法も覚えているし、ゲーム世界に転生してしまったこと自体驚愕なのだ。

（あまり真剣に考えるの、やめよう。考えても答えなんて出てこなさそうだし）

――とにかく、今の生活に馴染むことを考えよう！

落ち着いたら仕事も探さないといけないのだ。

一旦、完結しアデリーナの足は先へと進む。

港に近づけば近づくほど、潮と魚の匂いが混じった空気が濃くなる。

「新鮮な魚が手に入ったら、マリネを作ろうかな」

なら、タマネギとオリーブオイルとスパイスも購入しないと。

凛子のときもそうだったけれど、全て一から揃え直すというのは、金と労力がかかるものだ。

「これで完璧！」と思っても「あれがない」「これがない」と次々出てくる。

今日も一日買い出しで終わりそう、と覚悟を決めて早朝から賑やかな市場に入っていった。

「すごーい。思ったより魚の種類が豊富だわ！」

狭い道に、木箱に積まれたたくさんの魚達。

水槽《すいそう》に生きたまま泳いでいるものや、魔法で作った氷の上に並べられた魚もある。

しかも前世で見覚えのある魚達ばかりだ。

つくづくここが日本で制作され、生活基準が日本の乙女ゲームの世界でよかったと思う。

凛子としての記憶を思い出しても、前世と掠《かす》りもしない世界だったら「食べられるの？」と魚一匹見ても狼狽えるだろう。

まずは腹ごしらえ。魚介の串焼きやフライ、生の貝や魚を食べられる店なんかもある。

アデリーナは焼いた鯖を、スライスしたトマトとタマネギ、そしてレモンの輪切りと一緒にパンに挟んだ、いわゆる『鯖サンド』を購入し、カフェラテと食す。

「美味しい！　塩とヨーグルトに漬けて臭みをなくした鯖がふっくらしていて、レモンの爽やかさがまた合うわ～。粒胡椒《つぶこしょう》と塩もいいアクセントになってる！　これは家でも作ってみるべきよね！」

大きく口を開けてガブッと豪快に食べながら港の市場を散策。

凛子のときは祭りの屋台で食べ物を買って、こうして食べた記憶があるが、アデリーナとしてこんな食べ方をするなんて初めてじゃないだろうか。

胃袋が「美味しい」と言っているから拒否はしていないようだ。

食べて満たされたら、次は食料の買い出しだ。

「サワラにしようかな……それともタコとか？」

一匹は困るな、とサワラの前で睨《にら》めっこしていたら、店のおっさんが切り売りしてくれるという。ありがたくお願いした。

それから商店街に戻り、豚ブロックや野菜各種、それに調味料も購入。

「もう、魔法のポシェット万々歳よー！」

入れた瞬間に時魔法までかかり、新鮮なままで保存されるから腐る心配もない。

しかも重量はポシェットの重さだけ。

アデリーナは「あれも」「これも」と食材を買い込んで、ルンルン気分で商店街を闊歩していた。

「――あっ」

「ごめんよ！」

そんなだから前方不注意だった。

前から駆けてくる数人の十歳前後くらいの男の子の一人と、ぶつかってしまった。

「ちょっと待った」

アデリーナは、ぶつかってこなかった他の男の子の腕を掴み、取り押さえる。

「な、なんだよ！　俺、なんにもしてないだろう!?」

「あんた達、集団スリね？　わざとぶつかって気を逸らしている隙に、相棒が金目《かねめ》のものを盗む」

「ほら！　俺の手を見てみろよ！　何も盗ってねーし！」

男の子は手のひらをヒラヒラさせて「何も盗ってない」アピールをする。

「甘いね。盗ったものはあんたの隣を横切った女の子に渡したね？」

男の子は「うっ」と喉を詰まらせたが、ぶつかってきたもう一人の男の子が戻ってきて、アデリーナにいちゃもんを付け始めた。

「なんだよ！　証拠でもあるのかよ！」

「そうだそうだ！」

はん、とアデリーナは顎を上げた。

「私のポシェットの口が開いているのはどうして？」

「知らねーよ。姉ちゃんが閉め忘れたんじゃねーの？」

「そうそう、自分のミスを小さい俺らになすり付けるのやめなって」

ニヤニヤと狡猾な笑みを浮かべ、自分は盗っていませんと言うがアデリーナはさらに追及する。

「自分の手、嗅いでみな」

捕まえている男の子の手のひらを鼻に近づけ、自ら嗅がせた。

「うぉ！　生ぐっさ！」

「あんたが盗ったのは生魚の切り身よ！」

「信じらんねー！　普通、魚をポシェットに入れるかよ！」

「見かけポシェットでも買い物袋なのよ、これ。つーか、今白状したね？　盗ったこと」

蹴りを入れ逃げようとした男の子だったが、アデリーナの方が一枚上手だ。

腕を掴んだままひらりとかわし、後ろに回る。

自然、男の子の腕を捻る形となった。

「いてててて！　暴力反対！」

「あんたが蹴りを入れようとするからでしょ。そうそう私、攻撃魔法使えるんだわぁ。ここで逃げても得意な『炎』系で追いかけるから、どこまでも」

と、もう一人の男の子の目の前で、炎のボールを出してみせる。

「『追撃』を組み込んであるから逃げても無駄だよ。仲間を放してほしかったら他の仲間を呼んできな」

そうにっこり笑ってみせる。

「はい……」

アデリーナの手のひらの上でメラメラと燃えるファイヤーボール。

そして自分達に見せる微笑みはどす黒く見えて、スリの男の子達は涙目で真っ青になり、震えながら頷いた。

# 第四章　スリの子供達を前世式教育指導

路の真ん中ではなんなので、裏の人気のない路地に連れて行く。

アデリーナの前に並んだ子供達は全部で四人。

「これで全員？　間違いはない？」

ポシェットから魚をスった男の子がリーダー格らしく、頷いた。

一人がぶつかったりして気を逸らし、その間に金目のものを盗む。

この子達はさらに慎重にスった物をすぐに仲間に渡し、スリ役がたとえ捕まっても言い逃れできるようしていたのだ。

そして四人目は、金以外の物だったら売りさばく役目を担う。

「物を売りに行っても、あなた達みたいな子供じゃあ信用されなくて買い取りしてくれないんじゃない？」

アデリーナは揺さぶってみたが、子供達は黙ったまま。

（ああ、これは上にいるわ。スリ集団だ）

けれど、この子達は年齢からいって組織の末端だろう。生活のために利用されているのかもしれない。

見た目、薄汚れていてストリートチルドレンっぽい。

「あんた達、名前は？」

「親は？　いるの？」

「どこに住んでいるの？」

何を聞いてもだんまりだ。

「……あんた達、働いたことは？　ある？」

「ある」

ようやく答えてくれた。

しかし――。

「スリが仕事」と答え、アデリーナはガクリ、と肩を落とした。

同時に、怒りも湧いてくる。

支配者の拘束から自由。税金や兵役《へいえき》、宗教などから自由。

市民自ら自治、自衛を行って、それぞれ微税、司法、行政を行うのが自由都市の醍醐味《だいごみ》だと習った。

そしてリーメル全体をまとめる役目が、大統領と呼ばれる存在だ。

（自由都市とは、教育を受ける受けないのも自由ってこと？）

「俺達をどうするんだよ。自警団《じけいだん》にしょっぴくのか？」

「無駄だよ」

「そうそう、無駄」

口を揃え言い出した。

「大方、わかってて見逃しているのか。金を握らせているわけ？」

「違うよ、そうじゃないと俺達生活できないってこと、知ってるから」

アデリーナは思いっきり溜息を吐き出した。

「生活困窮者《こんきゅうしゃ》の保護とか手当とかないの？　つーか、港町なんだから漁港に行けば働かせてくれるんじゃないの？」

「手当とかあるかどうかはしらねー。でも、働こうとしたんだよなあ？　とリーダー格の子が言うと、皆頷く。

「漁港なら朝早いうちは人手が足りないって言うから、働かせてくださいって、お願いに行ったの」

「でも『リミア商店街』の子供達は駄目だって……」

「それ、どういうこと？　『リミア商店街』？」

子供達と噴水広場に移動する。

「噴水広場から放射線上に五つの路があって、三つが商店街なんだ」

「ええ、昨日聞いたわ。残り二つは居住区なのよね？」

「真ん中が一番大きい商店街『ルルエ商店街』右が『ベルティ商店街』左が『リミア商店街』なんだ」

出入り口の床を差す。

どこかのお婆さんに聞いたら『貧民街だ』と答えた場所だ。

カラフルな色のついた石で、商店街の名前が埋め込まれていた。

「俺達は『リミア商店街』に住んでるんだよ。そこに住んでる子達は雇っちゃ駄目なんだって」

「……何か、他の商店街に迷惑でもかけたの？」

「知らない」

子供達は揃って首を横に振った。

困惑顔から見ても、本当のことらしい。子供達もどうしてそうなったのか分からないというように、しょぼんと頭を垂らしている。

言葉で表現したら、村八分というところか。

（あまり、首を突っ込みたくはないけれど……ほら、私も追放されてまだ日が経ってないし）

しばらく大人しくのんびり過ごして、これからの人生をどうエンジョイするか、考えようとしていたのだ。

――でも

目の前にいる薄汚れた、まだ十そこそこの子供達を、このまま放っておくことなんてできない。

「とにかく！　未遂とはいえ、泥棒をしようとしたのは変わりないんだから、それなりの罰を受けてもらうから！」

アデリーナは自宅に四人を招き入れた。

「まずは風呂！　その汚い服を脱いで、体を洗いながら服を手洗いする！」

一人はエリンという名の女の子なので、先にアデリーナと入りそれから男の子達。

三人いればやはり、と風呂場で騒いでいるのを叱りつける。

「遊んでいるな！　これは『罰』で『お仕置き』なんだから！　しっかり体と服を洗わないと承知しないよ！」

なにせ美女の部類に入りながら、厳しい顔つきのアデリーナだ。

ちょっと眉間《みけん》に皺《しわ》を寄せれば、極悪面になる。

小さな男子には効果覿面《てきめん》で大人しくなる。

ピッカピカになったところで、魔法で服を一瞬にして乾かした。

「穴だらけじゃない！　着る前につぎはぎしなさい！」

買ったばかりのシーツの替えが、つぎはぎ用の布になってしまった。

しかも薔薇模様なものだから、男子組に極めて評判が悪い。

「げえ……なら、穴開いたままでいいや」

「柄のない部分を使えばいいでしょう！　金払えない奴が文句言うな！」

アデリーナの怒声に男子組は渋々《しぶしぶ》、柄のない部分を穴にあわせて切り始める。

「私はこの薔薇の部分でつぎはぎしよう！」喜んでいるのはエリンだけだ。

「ちょっと待った」

アデリーナは切ろうとしているエリンを止めた。

「あなたの服、丈《たけ》が短いじゃない。貸してごらん」

乾かしたら膝からかなり上になってしまった。昭和初期に出てくる女児キャラの服じゃないんだから、見せパンはやめてほしい。

一緒に風呂に入った仲だ。アデリーナは横に長くシーツを裁断すると、

「こうして……荒くていいから並縫いしてくれる？　なるべく横に真っ直ぐね」

エリンの方もアデリーナにすっかり心を許したようで、素直に頷くと一生懸命縫い始める。

「ミシンも必要だったわ。今日は手縫いね」

凛子時代、浴衣など和裁を習った経験がある。

まさか転生後も役に立つとは思わなかった。

男子組も不器用ながら一生懸命つぎはぎを縫い始めたので、アデリーナはキッチンに立つ。

今日買った魚介類をマリネにし、豚のブロックを煮込むのだ。

マリネ用にタマネギ、パプリカ、ニンジンを薄切りにする。

サワラは削ぎ切りにしてから塩を少々。しばらくすると水が出てくるはず。

次はマリネ液だ。

オリーブオイルにレモン汁、おろしニンニクというシンプルなもの。

水気を拭いたサワラと薄切りにした野菜、それをマリネ液であえて塩、胡椒で味を調えておしまい。

「次は豚を一口大の角切りに切って……」

ピーマン、タマネギ、ニンジン、ニンニク、ジャガイモ、キャベツも一口大に切る。

チョリソー、豚の心臓にしっぽ、ベーコンも適当な大きさに切る。

「お姉ちゃん、終わったよ」

エリンが「ほら！」と笑顔で生地を持ってきた。

「上手上手！　男子組は終わったかな？」

「できたぜ！」

自慢げに持ってきた。よれたり引っ張りすぎて皺ができてたりしているが一応、指示通りに細かく縫っている。

「糸と針の使い方を知っていたのね。偉いじゃない」

「……えっ？」

ポカンとした顔になった男子達にアデリーナは言う。

「一から教えなくてもちゃんとわかっていた。普段、家でお手伝いしたり、お母さんの仕事ちゃんと見てたりして覚えた証拠よ。これは褒められてもいいこと」

アデリーナに褒められて、へへ、と顔を真っ赤にしながらまんざらでもない様子だ。

『ちゃんとできたことはしっかり褒める』

それが凛子の育った有吉組の教育の一つだ。

どんな小さなことだって、褒められたら嬉しいに決まっている。

それに有吉組に入ってくる者達は世間から人として『落第』という印を押された者が多かった。

まっとうな人生を生きていく自信がなくなって、横道に逸れた人間に必要なのはまず、『通常に生活できる能力を持っていることを教え、自信をつけさせる』

ことだ。

「さて、男子組は風呂掃除と後片付け！　エリンは私と一緒に縫い方を見て覚えてね」

えー、とブーイングを始めた男子組の尻を叩き、まずはアデリーナが風呂場掃除の見本を見せる。

「こうやって洗剤をつけてしばらく時間を置いて海綿《かいめん》を使って優しく擦るの。流すときは洗剤の取り残しがないようにね」

それからエリンには、並縫いをさせた布を目の前で糸を引っ張ってみせた。

「えっ？　お姉ちゃん、そんなことしたら皺ができちゃうよ」

「いいの、これで。『ギャザー』を作るんだから」

「『ギャザー』？」

「こうやってギャザーを作って、あなたのスカートの裾の幅にあわせて縫っていくの。裾の始末はこうやって端を内側に折ってピンで留める」

綺麗に見えるようギャザーを留めながら固定していく。

「さぁ、今度は細かく縫ってね」

「うん」と返事をしてエリンは素直に縫い始める。

アデリーナは食事の仕込みの再開だ。

「豚肉系は塩を入れた水に入れてじっくり煮込む……と言いたいところだけど、お腹を空かせた子供達がいるから、圧力鍋で手早く柔らかくしましょう」

さりげなく現代日本の便利道具があるところがあざとい。

「まあ、まさかゲームプレイヤーがゲームの世界に転生するなんてこと、考えるはずもないし。生活用品まで事細かく設定なんてしないわよね」

なんて呟きながら熱した鍋に有塩バターをいれ、それから刻んだニンニクを炒める。香りを出してから一口大に切ったキャベツ以外の野菜とベーコン、チョリソーを炒め、塩胡椒する。

それから圧力鍋で柔らかくなった肉と炒めた野菜を、一つの鍋に投下。

「それからブイヨンを入れて、ここでひよこ豆の缶詰！　この世界でも瓶詰め、缶詰ありました！　これでますます時間短縮！」

ひよこ豆も一緒に煮込み、ある程度煮込んだら、トマトの缶詰と赤ワインを入れてまた煮込む。

「ここで塩とか粗挽き胡椒入れて味を調えて……。そして最後にキャベツをどっさり入れて、ちょっと煮込む。パセリとかオレガノとか加えて盛りつけ！　『フェイジョアーダ風豚と野菜の煮込み』完成！」

ポルトガルの家庭料理で手間がかかるから、一度にたくさん作るという。

凜子の時代には煮込むのも時間短縮できる鍋などあったから、気軽に作れるようになっていたと思う。

しかもこのフェイジョアーダの良いところは冷凍で保存もできるし、トマト味に飽きたら他の味を加えて、違う料理にアレンジできるというメニューの一つなのだ。

「だからたくさん作ったけれど……」

床に座っている四人の、がっつく姿を見て今夜で食べ尽くされることを覚悟したアデリーナだった。

アデリーナの今夜の主食は副菜だったマリネになった。これも、たくさん作っておいてよかった。

ガーリックバターを塗りたくったフランスパンを軽く焼いたのと、白ワインでチビチビいただいている。

「うめぇ！　これ、豚と野菜の煮込み！」

「フェイジョアーダっていうの」

「なんでもいいや！　おかわり！」

「私も！」

薔薇模様の裾が揺れるスカートを穿いてご機嫌のエリンも、負けずにアデリーナに空《から》の皿を渡す。

「はいはい。ちょっと待ってね。……あなたは？　食べないの？」

リーダー格の男の子——名前はカスト、と言ったか。

まるっきり手をつけていない。ジッと疑わしそうに目の前の食事を睨んでいる。

だが、お腹は空いているのだろう口の端から涎が出ていた。

「これ、なんか変なもの入ってねぇだろうな？」

カストの疑問に、他の三人の口に運ぶスプーンの手が止まる。

「おいしーよ？　カスト兄ちゃんも食べなよ」

「そうだよ。俺達に危害加えるなら、もっと早い段階でやってるって」

「いや、そうやって気が緩んだところで、俺達に何かする気なのかもしれない」

ギロリ、とアデリーナを睨みつけてきたカストを見て、アデリーナは鼻で笑う。

「おおぅ……歪《ゆが》んでるぅ。まぁ。何かするっていうより、これは賃金代わりよ」

「賃金？」

「そう。風呂掃除と後片付けと同時に、部屋の掃除もしてくれたでしょう？　その対価ね。私がちょっと教えてみせただけで、風呂掃除もソーイングセットの片付けも丁寧にしてくれている。あなた達、縫い物とか見ても、しっかりとした親御さんのもとで教育を受けているんじゃない？　これは自信を持っていいことよ」

アデリーナの言葉にカストの顔が真っ赤になり、モジモジとしながら俯いた。

「そりゃあ、だって商売するには清潔第一だって言われていたし……、母ちゃんの代わりに俺が頑張らないとさ……」

「商売しているの？」

「今は休店してんだ」

「カスト兄ちゃんち、パン屋なんだ」

男の子の一人がアデリーナに言う。

（ストリートチルドレンじゃなかったんだ）

アデリーナは少し安心する。でも、そうじゃないのにこんなことをしている。何か事情があるにせよ、年上として教えなくてはならない。

「そう……商売やっていて、今は休店。――なら、お金の大切さって身に染みているんじゃないかい？」

突然、アデリーナの声音が凄む。

「あんた達が盗んだ金がもし、『支払わなければ店がつぶれる』または『病気になった親兄弟の治療費』だったらどうするんだい？　『スられてしまって家族が路頭に迷う』『スられて治療できなくて死んでしまった』ことになったら？　そこまで考えたことがあるのかい？」

「だ、だって……狙うのは金のありそうな奴ばかりだし……」

「見かけでものを判断するのはどうなんだ？　『金持ちが自分の子供を助けるために全財産を投入して作った金』だったら？　あんた達を一生恨むだろうね」

「……だ、だって俺達だって！　生活のために！」

「ずっとスリやかっぱらいをして生きていくつもりかい？」

アデリーナの言葉に一同、黙り込んでしまった。

「あんた達まだ小さいんだから、生きる道を狭めるのには早すぎるね。特にカスト。あんたんちパン屋なんだろう？　ご両親は店を再開するつもりはないのかい？」

カストはしばらく俯いていたが、思い切ったようにアデリーナに向かって顔を上げた。

「姉ちゃんがただ者じゃないと見込んで相談したい。俺達を……ううん、リミア商店街を救ってくれ！」

——ただ者じゃない？

もともと、『炎』系魔法の使い手バルフォルア家の高慢ちきな令嬢だし、しかも才色兼備、隠れ乙女の前世の極道の娘・凛子の記憶も持つし。

「まあ……確かに。考えてみればそうかもね……」

『堅気の人間には親切に』がモットーだった有吉組。

その生き方は、前世の記憶が甦ったアデリーナにしっかりと受け継がれている。

子供達はスリやかっぱらいをしていたが、元は堅気で、まだ子供だ。

更正させるのも務めではなかろうか？　――と凛子の考え方が頭に浮かぶ。

（アデリーナとして散々好き勝手やってきたみたいだし……罪滅ぼしに協力してみようか）

堅気の味方、有吉組組長の娘・凛子
モットーは正義の『仁義・任侠』だ。

腹は決まった。

「とりあえず、食べちゃいな。それからそこに案内してくれる？」

カストにそう微笑んだが笑顔がうまく作れず、口の端が引きつる。

凄んでいるように見えたのか「はい……」とカストは大人しく食べ始めた。

どうもアデリーナは乙女な容姿なのに、可愛い笑顔を作るのが苦手だったらしい。

◇◇◇◇◇

夕方、日が沈む頃――

アデリーナはスリ集団の子供達と貧民街と呼ばれた『リミア商店街』に足を踏み入れた。

店として成り立っているのはやはり噴水広場から見える場所のみで、三軒くらい先になると、長く営業していないとわかる店舗ばかりだ。

この時間になれば等間隔に立っているランプや、アーケードと呼ばれる雨除けの円弧状《アーチ》の屋根に設置された魔法灯が照らしてくれるはずなのに、暗いままである。

割れたアーケードから覗く月明かりが、どうにか商店街を照らしていた。

しかもお約束のように、荒らされたのか、開いていない店舗のガラスは割れて路上に散乱しているし、食べ残しやゴミなど溜まっていても放置だ。長く清掃をしていないのがわかるゴミ溜まりが端にできている。

猫やカラスの住み処と化していると言っていいし、この分だとネズミもいそうだ。

集まってくる野生動物達を見て「あら～可愛い」とか思ってる場合ではない状況だ。

アデリーナが特に顔をしかめたのが――

「臭い……」

悪臭だ。思わず鼻を摘む。

ゴミが溜まろうが、酔っぱらいが吐こうが、掃除しないままなので、不衛生きわまりない。それに空気が淀んでいる。

すえた臭いが奥へ進むほどに強くなってきて、アデリーナは手で鼻を塞いだ。

「あんた達……こんな臭いの強い場所に住んでたら、いずれ体壊すわよ」

「家に入ったらそうでもなくなるよ。二階とかは大丈夫だし」

と言ってくる。慣れてしまったのか呑気なものだ。

「でも、アーケード街って吹き抜けよね？　途中で他の商店街に行けるように路が繋がってるものでしょう？」

「ううん、ここ閉じちゃったんだ」

カストが十字路で止まって指さす。

巨大な壁ができて塞がっていたのだ。

「何これ！　ひどい！」

「隣がルルエ商店街なんだけど塞いじゃってるんだ。衛生面からということと、見えるとやってきたお客さんが不愉快な思いするからって。あと反対側の出入り口も塞がってる。そっちは観光客向けの大通りがあるからイメージダウンになりかねないって。反対側には絵が描かれているよ」

そういえば商店街をブラブラ散策してたら、いきなり巨大な壁が出現して驚いたっけ。

（なんで？　と思ったけれど、なかなかいい絵だったから気にしなかったのよね）

「嫌がらせじゃない、それ」

臭い物には蓋をしろと言うが、壁絵を作って塞いだとは……。

（……壁を作ることができるなら、金がないわけじゃないみたいね）

港も近い、列車も通る。

他の地区は清潔。

しかし壁を作る予算も人手もあるのに、商店街一つ再建できないなんておかしいんじゃないだろうか？

このリミア商店街だけ、まるで置いてけぼりされたような感じだ。

（というか……わざと排除してる？）

いったいどうして？

誰が？

思考を巡らせつつ、周辺に目をやり歩いていく。

「こいつらの親もここで店やってたんだけど、嫌がらせが続いて店を閉めたんだ」

「嫌がらせ？」

「うん」と頷くとカストは、一軒の店の前で止まった。

「ここ、俺んち」

見ると、ヨーロッパ風のアンティーク風吊り看板に『パン屋』だとわかるパンが飾ってあるが、鎖が一本切れたままぶら下がっている。

そして外から中を見渡せる大きな窓ガラスはひびが入り、板で補正している状態だ。

店の前は案の定ゴミが散乱して、溜まっている。

明かりのついていない店内は暗くてよくわからないが、砂まみれのようだ。

海岸の砂でも運ばれてくるのかしら？　なんて思いながらアデリーナはカストに案内されて裏口に回り、中へ入る。

入るとカストは、扉のすぐ側に置いてあるランプに明かりをつける。

ほのかに照らされた室内は家庭用の台所と食堂で、生活圏は綺麗に掃除をしているようだ。外よりずっと清潔感がある。

カストは、台所の先にある扉を開けた。

「母ちゃん、ただいま」

「おかえり、今日は遅かったね」

掠れているが、優しい声音が聞こえた。

どうやら家族の寝室らしい。家族一緒に寝るベッドが一つあり、そこに大人の女性が横になっていた。

カストの母親だ。

「――あら？　その方は？」

「初めまして。急にお邪魔をしてお許しくださいませ。わたくし、アデリーナ・カルシィと申します」

自然に貴族式の膝を軽く曲げる礼をとる。

アデリーナにとってこれが一番馴染みのある挨拶だ。

だが、この挨拶でカストの母親はアデリーナの経歴がわかったらしい。

「貴族の方がこんな危険で不衛生な場所に……！　なんていうことでしょう」

母親がベッドから起きようとするのを、カストと慌てて引き止めた。

「いいんです。お子さま——カストから伺っております。それに体調も優れないようですから、横になっていてください。今、食事を用意しますから」

と、台所に向かう。持ってきたフェイジョアーダを温め直すのだ。

「そんな貴族のお嬢さんにやってもらうわけには！」

「病人にやらせるなんてできません。それに私、もう貴族ではありませんから」

「えっ？」という顔をした母親とカスト。さすが親子、似てるなと思いつつ、カストを呼ぶ。

「お皿はどこにあるの？　お母様の代わりに手伝ってくれる？」

意識してなるべく優しい笑顔を作った。


「ごちそうさまでした。……まともな食事をとったのは、ずいぶん久しぶりです。ありがとうございます」

カストの母親の皿を下げて、アデリーナはポシェットから小瓶を一つ出す。

「明日の分もありますから、カストと食べてください。あと、これは冒険者用の回復薬ですが、体力の回復や軽い病なら治すことが可能です。ひとまずこれを飲んでしばらく様子を見てください。これでだいぶマシになると思いますが、変わらなかったら医者に診てもらってくださいね」

「こんな高価な薬まで！　いいんですか？」

「姉ちゃん、いいの？　これ金持ちじゃないと、とても買えない薬だよ？」

「いいのよ、実家から失敬《しっけい》してきたものだから」

母が、というのはやめておいた。

しかし母グッジョブである。生きるのに必要な物をしっかりポシェットに詰め込んでくれていた。

（バルフォルア家の生活が普通だと思っていたけれど、こうして追い出されると本当、ラグジュアリーな生活をしていたのね）

こういう薬、普通に家に置いてあったし、学園にもあったから、これが貴重なんて知りもしなかった。

リクシル学園は本当にお貴族様の学園だったんだ。

「本当になんてお礼を言ったらいいのか……」

カストの母親が涙ぐむ。

「姉ちゃん、ありがとう。疑って悪かったよ」

涙ぐむ母親と思いっきり頭を下げるカスト。

「……私達親子がここに来て二年になりますが、そのときにはすでにこの商店街は荒《すさ》んでいまして……」

カストの母親の説明によると――。

リーメルの自由さに憧れて田舎からパン屋を開こうと家族でやってきたが、この商店街に着いたとき、騙されてこんな場所を買わされたと気づいた。

それでもやっていこうとしたが、商売道具は盗まれるは焼いても嫌がらせで店内に砂やゴミを撒《ま》かれ、せっかく焼いたパンも廃棄《はいき》しなくてはならなくなる始末。

すっかりやる気をなくしたカストの父親は行方《ゆくえ》をくらませてしまい、母親である自分は心労がたたって、寝込むようになってしまったという。

「ここでまともに商売をやろうとすると、どこからかゴロツキがやってきて、嫌がらせするんだ。だからみんなやる気なくして店をたたんでしまうんだよ。店舗の持ち主はいるけど、こんなんじゃどんな商売しても無駄だからって、他の地区に行っちゃって。金のない奴ばっかがここに残ってるんだ」

「夫が失踪して、私まで寝込んでしまってからカストには苦労をかけっぱなしで……この子が世間様にけっして顔向けできないことをして、お金を稼いでいたことを知っていました。……けれど、私がこの調子ですので現状、この子の稼ぎに頼るしかありませんでした。

これで体調が回復しましたら勤め先を見つけて、私がこの子を養っていきます」

「母ちゃん……」

カストを引き寄せ、頭を撫でる母親を見てアデリーナは安堵する。

(回復薬が早速効いてるようね。即効性のあるものだからこれを渡してよかったわ)

「もう、母ちゃん！　俺、そんなにガキじゃないってば！」

人がいて恥ずかしいのか、母の手から逃れるカストは顔が真っ赤だ。

「そうだ、母ちゃん。俺もまともに働くよ！　そうして金を貯めてまたパン屋を始めようよ！」

「でもねぇ……まだこの店舗の借金も返してないし……ここでは商売なんてとてもできないし。……父ちゃんもいないしね……」

「お母様は、パンは焼けませんか？　お母様が焼けるのなら、なんとかできるかと思いますけれど」

「ええ、まぁ……夫から伝授《でんじゅ》されておりますし。けれどここで……？」

カストがエヘン、と胸をせり出しながら言った。

「アデリーナ姉ちゃんがこの商店街を、なんとかしてくれるって！　なあ、姉ちゃん！」

「アデリーナさんは、この商店街の方なんですか？」

「いえ、乗りかかった船、と申しましょうか」

「なら、ご迷惑ではありませんか？　無関係なのに……本当なら、この商店街に住む私達がなんとかしないといけない問題だというのに」

「でも、なんともできなかったからこうなっている――ですよね？　なら、外野の人間の手を借りてみてもいいと思うんです。それに……やり方が意地悪過ぎじゃないですか。堅気の者に嫌がらせするなんて、私のポリシーが許せないんです」

「まあ」とカストの母親は目を丸くして驚く。

「それで……なんですが、お母様はこのリミア商店街の責任者と会ったことはありますか？」

「いいえ。この状況を見て、さすがに夫と何度かコンタクトを取ろうとしたんですが、『忙しい』と言われて、まったく会えなくて……カストは会ったことある？」

「ううん、でもその手下――じゃなくて部下の奴には会ったことあるよ。母ちゃんだってあるだろ？　リベリオだよ」

「あの子が部下だったの？」

意外、だという風に驚く母親にアデリーナは尋ねる。

「どんな方なんですか？」

母親は、ちょっと引きつった笑いを浮かべながら、

「お若い方ですよ。……その、なんというか、格好が先鋭的と言うんでしょうか？」

と答えた。

「なるほど」

想像できないけれど、納得してみせたアデリーナだった。

『あの子』と言うのだから、カストの母親より若いのは確実だ。

「じゃあ、そのリベリオさんに交渉して会わせてもらいます。カスト、連れていってもらえる？」

「うん。でももう夜遅いから明日な」

たしかにもう帳が降りている。確かに明日に出直したほうが良さそうだ。

「そうね。また明日……お昼ぐらいに来るわ」

そう言うとカストの母親に挨拶をして部屋を出る。

「アデリーナ姉ちゃん、送ってくよ」

カストに促されて、そのまま裏口から外へでる。

アーケード街から噴水広場へ向かって歩いていると、カストがぽつり、と言った。

「姉ちゃん。リベリオはヤバい奴だから、会うのはまずいと思う」

「そうなの？　でもお母様は、そう思っていないようだったけれど」

「だって母ちゃんはあいつの裏の顔を知らないもん。リベリオだよ、俺達にスリをやらせて金取ってたの」

「――何だって!?」

アデリーナの口調がドスの利いたものに変わってカストがビックリする。

「姉ちゃん、こえーよ」

「いいから、それ本当なのかい？　じゃあ、商店街の責任者と繋がっている奴が犯罪集団をまとめているってことかい？」

「そこまでは知らない。リベリオが、責任者が留守をいいことに勝手にやっていると思ってるけど」

「……そうね、カストの言う通りかも」

任せっきりなのをいいことに、やりたい放題なんて悪党によくあることだ。

「とりあえず、やっぱりそのリベリオって子に会わなきゃね。考えた通りだったら締め上げなきゃ」

「姉ちゃん……」

カストが心配そうに眉尻を下げてアデリーナを見上げる。

アデリーナは手をポンと軽くカストの頭に乗せると撫でた。

「カスト。あんたはお母様と仲間のこと見てあげな。リベリオのことは私に任せな。大丈夫！　いざとなったら例のファイヤーボールでもぶん投げて逃げるから」

「……あ、うん」

簡単にファイヤーボールを出現させるアデリーナにカストは、

そうだ、普通の姉ちゃんじゃなかったんだっけ――という風に苦笑いをした。

# 第五章　ちょっとこの落とし前、つけさせてもらいましょうか

次の朝——。

「さあ、腹が減っては戦《いくさ》はできぬ！　——ということで朝ご飯！」

アデリーナはエプロンを着けるとキッチンに向かう。

「……昨日思ったんだけど、もう少し広いキッチンのある下宿の方がよかったかも」

見晴らしもいいし、立地もいいんだけど、おかずの作り置きをたくさん作るとなれば、大きめの冷蔵庫とか欲しくなるかもしれない。ポシェットと違って、入る食材の量に限界がある。そうしたらこの広さでは大収納の冷蔵庫は置けない。

「まあ、それはおいおい考えて……と」

冷蔵庫からマリネの残りを出し、タマネギのスライスとキュウリを加えサラダにする。

それからトマト缶と小麦粉、そしてバターをフライパンで炒め、そこにどうにか残しておいたフェイジョアーダを投入。

温めた真空パックのご飯をやや深めの皿によそって、フェイジョアーダをかければ——。

「ハヤシライスの出来上がり！」

『フェイジョアーダは一度に沢山作る』というのを真に受けて一人暮らしだというのに、作りすぎたことがあった。

冷凍保存はできるが、さすがに同じ味に飽きてきた凛子が思い立ったのが、

「もしかしたら他の味を足してもいいんじゃないか？」

だった。

作ってみたのが『ハヤシライス』『カレーライス』『デミグラスシチュー』だ。

これが大成功。

「よーく煮込んであるからスープも味が出ているし、具もトロトロで深い味になってどれも美味しくいただけるのよ～」

と一口食べて「んんん～、美味しい！」と頬を触る。

つくづく『誓いの王国～運命の彼』ゲームが、凛子の世界の食生活と同じでよかったと思う。

中世風ファンタジー世界なのに、現代日本の便利器具やハイテク機器もある。中世ファンタジーと現代のいいとこ取りした世界観なのだ。

「でも、さすがにカレーやシチューのルーはないのよね。あったら便利だと思うんだけれど……」

数年後、まさか自分がルーを開発して売りに出し、メジャーな調味料になるなんて、このとき思っていなかったアデリーナだった。


「さて！　お腹も満足したし、支度しなくちゃね」

皿を洗うと、クローゼットの扉を開けた。

そこにはフェルマーレンから出るときと、リーメルに来たときに購入した服がギッシリとハンガーに下がっていた。

「もうもう！　アデリーナったら！　どんな服でも似合うんですもの！」

姿見の前で、ハンガーに掛かった服を取っ替え引っ替え体にあてる。

凛子はストレートの黒髪に純和風の顔立ちだったので、アデリーナのような洋装の似合うはっきりした顔立ちに憧れていた。

しかも永遠の憧れだったフリッフリのレースがガッツリついているドレスも、バッチリ似合う。

「アデリーナの記憶の中ではゲームの世界でもドレスも着ているのよね。学園祭とか、王宮の舞踏会とか。きつい顔立ちを意識していたのか、濃いきつめの色のドレスばかりだったけれど」

まぁ、ゲームの世界から離脱した身だ。好きな格好をさせてもらおう。

「とはいえ……理事長に会えるまではいかないでしょうけれど、それ相応の格好の方がいいわよね」

装飾が少なくて動きやすくて、女らしさを損なわない感じの紺のワンピースを選ぶ。

ベルトカラーにジゴ袖のプリンセスワンピース。前端の部分が赤で縁取ってあり、それがアクセントになっていてとても可愛くて、一目惚れして購入したものだった。

そこにレギンスを穿いて、動きやすいレースアップブーツを合わせた。

「本当はパニエを着て、膝上のレースソックスにギリーとかメリージェーンタイプの靴を履きたかったけれど、ヤキ入れることになったら動きやすいの重視だものね……」

考えがすっかり前世寄りになっているアデリーナだ。

あと、ポシェットを肩から提げて支度完了だ。

「……臭うかな？」

開けて、嗅いでみる。

革製の、お財布型ポシェットだ。シンプルなデザインで何にでも合うが、アデリーナはその便利性のために『買い物バッグ』として利用している。

本来はお洒落バッグだ。

昨日、肉やら魚やら香辛料《こうしんりょう》やら買い込んで中に詰め込んだから、色々な臭いが混ざって充満しているかもしれない。

「今のところ臭っていないわね。念のために、あとで風魔法で消臭＋殺菌しよう」

そう決めて、部屋をあとにした。

カストの家に行く前に二つの商店街『ルルエ』と『ベルティ』に寄り、パンと飲み物を購入がてら商店街の住民達に話を聞いてみた。

「あからさまに嫌な顔をして『知らない』という人と『会ったことないねぇ』と首を傾げる人とまぁ、二通りね。皆『リミエ商店街の管理責任者を知らない』というのは同意見みたい」

アデリーナは買ってきたパンと牛乳を、カスト達スリ集団と母親に渡しながら話す。

「もしかしたら、理事長なら正体を知っているんじゃないかと思うんです」

とカストの母親。

「お母様は理事長をご存じですか？」

「いいえ、『いきなりリミア商店街の責任者を飛び越えて、理事長に会いたいなんて道理から外れていませんか』とリベリオさんに止められてしまって……」

「口だけは達者ね」

「でも、理事長の名前は知っていますよ。ダニロ・ポーロさんというご年配の方だそうです」

「そうですか……」

顎に手を当て、考え込みだしたアデリーナにカストは、

「姉ちゃん、文句を言われようがダニロさんっていう人に相談しようよ。姉ちゃんなら『客としてクレーム』という形で会えるかもしれない」

と提案してきた。

「それはやめとく。たとえ私がダニロさんに訴えてリベリオに注意がいっても、現状は変わらない気がするの」

「どうして？」

「だって、噴水広場に続く五つの路にある店舗って、端から見たらとても条件がいいのよ？　現に他の二つの商店街は賑わっているでしょう。それなのにそこだけ寂れているどころか、不衛生でゴロツキのたまり場になっている。イメージダウンに繋がるんだから、他の商店街の責任者も理事長も、今まで注意喚起はしていたと思う。けれど、放置状態のまま。リベリオ自体が『リミエ』商店街の責任者に通さないから諦めているのか、注意しても聞く耳持たなかったのか……」

「そうか……そうだよね」

「それに、『リミエ商店街の者には仕事を与えるな』と、言われていたんだよね？」

「うん、だから大人や俺達より大きい子供は他の地区まで働きにいってるよ」

と頷くカスト達。

「それ、理事長のダニロさんの命令だとしたら？　そうしたら『リミエ』商店街の荒れ具合を知って何もしてこないのって合点がいく」

「――あ！　そういうこと？　じゃあ、黒幕はダニロさんってこと？」

「これからそれを突き止めていくのよ」

アデリーナは、カストがパンを食べ終わったのを見計らうように立ち上がった。

「まずは身近な相手から。――リベリオに会いにいって交渉してくるわ。カスト、案内して」


案内された場所はカストの家から奥に進み、観光客向けの店が並ぶ方に作られた壁に近い店だった。

もう『店』と呼ぶにはおこがましいと思う荒れ具合だ。

もともとバーだったのかもしれない。割れた窓から覗くとカウンターがあり、色褪せた酒瓶の破片が転がっている。

ダーツが壁に掛かっていて、ビリヤードの台もある。

「この二階をねぐらにしてるんだ」とカスト。

二階を見上げると、確かに数人こちらを覗き込んでいる。

「ありがとう。カスト、あんたは念のため戻って、お母様と他の仲間達を連れてどこか隠れていて。今、私を案内したってこと知れちゃってるし。そっちにとばっちりがいったら大変だから」

「俺やっぱり自警団だけでも呼んでくるよ。姉ちゃんは商店街に関係のない人間だし、動いてくれると思うんだ」

「ああ、いいわ。ちょっと相性悪いかもしれないから」

自警団って要するに警察ってことだ。

凛子の記憶を思い出した分、苦手意識が出ていてアデリーナは苦笑いしながら答えた。

「でも、そうね……二時間しても帰ってこなかったら呼んでくれる？」

「わかった。姉ちゃん、無理しないでよ。駄目だったらファイヤーボール投げて逃げてね」

「そうする」

後ろめたいのか、何度も振り返りながらカストは去っていった。

(可愛いなぁ、ああいう弟が欲しかったわ)

凛子のときもアデリーナのときも、両親は男児に恵まれなかった。

凛子のときは継ぐのは自分と決まっていたし、アデリーナはオルラルド王子と結婚したら、長兄をバルフォルア家に養子を出すことがすでに決定していた。

凛子は、必要以上に『ふさわしい跡継ぎ』にと自分を抑え込んでいたし、アデリーナもバルフォルア家にふさわしい娘として魔法や勉強に精を出していた。

ついつい、小さな子達に構ってあげたくなるのは凛子のときもアデリーナである今も同じ気持ちらしい。

「――さあ、いくわよ。堅気の人間の生活を脅かすやり方は間違っていると教えないとね！」

アデリーナは自分を鼓舞するよう呟くと、荒れた店内へ入っていった。

入るとちょうど二階から男が二人下りてきた。

少年くらいの歳だろうか？　クチャクチャとガムを噛み、顎を突き出しながらアデリーナに近づいてくる。

大股で左右に体を揺らしながらいかにも『チンピラ風』で、アデリーナは内心笑いたくなった。

どこの世界でもチンピラという存在には、カタログ見本みたいなものが出回っているのだろうか？

「姉ちゃん、ここに何の用？　ここは姉ちゃんみたいな上品なお嬢ちゃんの来るところじゃないって」

「そうそう。早く出てかないと悪戯《いたずら》しちゃうかもよ？」

ゲヘへ、と下品な笑いを浮かべながらアデリーナに近づいてくる。

こういう下品な笑いをする輩達にも、凛子の記憶を思い出したアデリーナにとってまったく問題にならない。

「あんた達のリーダーのリベリオに会いたいんだけど」

「リベリオの兄貴に？」

「今後のことでね。いろいろ聞きたいことがあるし、やめてもらいこともあるんでね」

「あー、何？　カストになんか言われてきたん？」

「別にあの子に言われてきたんじゃないわよ。自分の意思だから。とにかくリベリオに会わせてくれない？」

「おいおいおい、このリミア商店街の責任者代理をお務《つと》めのリベリオの兄貴に、そう簡単に会えると思ってんの？」

「そうだそうだ。ちゃんとリベリオ『様』と呼べよ。――それと、会いたかったらこれだよ、これ」

少年の一人が指で円を作る。要するに金を寄越せってことらしい。

「えー、いいじゃない。案内してよ。肉焼いてあげるから」

小首を傾げながら可愛く言ってみたが、チンピラ少年達には気に入らなかったらしい。

「ふざけんなっ！　肉なんていらねーよ！　金だよ金！」

「金が出せねーんなら、姉ちゃんの体で払ってもらってもいいんだぜ？」

自分より年下の少年が、何をませたことを言っているんだか。

それでも邪な顔をしてアデリーナの肩に触れてこようとしたので、軽く叩く。

「――いっ⁉　あつ‼」

チンピラ少年の一人が手を押さえながら、跳ねるようにアデリーナから離れる。

「どうした⁉」

「あっつ！　火傷《やけど》した！　てめえ！　何しやがった！」

「そんなに熱くないわよ。ちょっとチリッとしただけでしょう？　お母さんが炒め物していて油が腕に跳ねたぐらいの熱さよ？」

「なに細かい設定で説明してんだよ！　つーかお前、魔法使えるのか⁉　貴族かよ！」

「えっ？　どういうこと？　魔法って大なり小なり、みんな扱えるんじゃないの？」

知らなかった。フェルマーレン王国でもリクシル学園でも皆魔力があって、日常的に魔法があった世界だった。

（あ……思い出した。フェルマーレン王国は魔法国家として名高い地位にある国だった）

だから各国の魔力のある王子達や貴公子に貴族令嬢に裕福な子息が、リクシル学園に学びにきている設定だった。

「はぁ？　知らねーのかよ。大きい魔力があって魔法を行使《こうし》できる者は『貴族』という身分を与えられるんだぜ？　とんだ世間知らずだぜ」

「そうだったんだ。『貴族』って特別階級だったのね」

これは、乙女ゲーム世界以外のこの世界の仕組みを知るべきじゃなかろうか？

アデリーナは目を輝かせ、チンピラ少年達に近づいていく。

「もっと教えてよ～。冷蔵庫は魔力を含んだ魔石で動いてるの知ってるけど、コンロとかオーブンとか魔力がないと動かないのはどうしてるの？　あと貴族以外の人達は魔法使えないの？」

「知るかよ」

「美味しく肉焼いてあげるから！」

「いい加減に肉から離れろ！　ていうか、なんでてめえに教えなきゃいけねんだよ、こんな常識！」

「そうだぜ。お貴族様の遊びにつきあってる暇なんてねーんだよ、帰んな」

シッシ、と手で払われてしまう。

「私の質問は後でもいいんだけれど、とにかくリベリオに会わせて」

「うるせーな！　帰れって言ってる……えっ？」

チンピラ少年二人はアデリーナを見て固まった。

アデリーナの手のひらにはメラメラと燃える球体――ファイヤーボール。

「これあげるから、ね。肉焼けるわよ～」

「い、いらねーよ！　帰れ！　帰れ！」

「だから肉から離れろって！」

手で払っている間にまた一つ、ファイヤーボールが増えた。

「ただリベリオ『様』と会うだけでしょう？　どうしてそんなに拒否するのかしらぁ？

お金は渡せないけれど、肉は焼いてあげるって言ってるのに」

ふわり、とファイヤーボールが宙に舞う。まるで衛星のようにアデリーナの周囲をゆっくりと回り始めた。

真っ青になったチンピラ少年達に、アデリーナは笑って見せる。

「しのごの言ってないで、さっさとあんた達のリーダーのところに案内しな」

きつい顔立ちから放たれた口調と笑みにチンピラ達は、

「もしかしたらさっきからしつこく言ってる『肉』というのは俺達……？」

と思わせ、震えあがらせるほど凄みのあるものだった。

◇◇◇◇◇

（ずいぶんと勿体《もったい》ぶるのねぇ）

リベリオの兄貴に聞いてくる、と、もんどりうちながら階段を駆け上がっていったチンピラ少年達を待って十分程。

ようやく許可が下りたらしい。

「兄貴が会うって」

と、先ほどのチンピラ少年の一人が呼びに来た。

つい十分程前までアデリーナの顔を見て震えあがっていたくせに、今はまたニヤニヤと訳のわからない自信を顔に乗せている。

（まぁ、何か策を立てたんでしょうね）

どうして三下《さんした》の奴らは、ポーカーフェイスというものができないのだろうか？　こういう子達はいつまでも下っ端のままで一生を過ごしてしまう。

正直に生きられる、他の道へ進んだ方がいいというものだ。

そもそも覚悟をしてこの道を選んだかどうか、アデリーナには預かり知らないことだ。

（足を洗える立場なら、洗った方がいいと思うけれどね）

かつて、極道の娘として誕生してしまった凛子のように生まれながらにして、その道から外れることが許されない者だっている。

そういう立場の人間からしたら、抜け出せる人間をどんなに羨ましく思ったことか――。

階段を上がってすぐ開けた部屋があった。オープンルームだろう。

そこに一人がけ用ソファにふんぞり返って、こちらを見つめる少年がいる。

先のチンピラ少年よりかは年配だが、アデリーナはあからさまにガッカリした。

（私と同い年くらいじゃないの！）

カストの母親の話し方からいって若いだろうな、と思っていたがまさかここまで若いとは思っていなかったアデリーナだ。

姿格好を見ると、カストの母親の感想に納得の出で立ちだ。

レザーのジャケットにパンツにシャツという格好だが、所々意図的に裂いてあり、そこにチェーンやら安全ピンやらを留めている。

ピアスは耳だけでなく、鼻にもつけていて、繋がっていた。

髪の毛も整髪料で固めてあり、パツンとハリネズミのように天井に向かって尖っていた。

（ああ、パンクだ。凛子の世界ではパンクと言われたファッションだ）

確かにパンクファッションを見たのは、この世界では初めてだ。

それはそれで貴重かも、とアデリーナは少し気分が上昇する。

「俺に用があるって聞いたけど、いったい何の用だ？」

そんなアデリーナに頓着なく、彼はぞんざいに尋ねてくる。

「あなたがリベリオでいいのかしら？」

「ああ、俺がリベリオだ。あんた、お貴族様だからな。一応自己紹介はしておくぜ。リベリオ・ブラントだ」

「アデリーナ・カルシィよ」

彼は顎を突き出してふんぞり返ったままの挨拶だったが、まぁ、名乗っただけでもマシだ。アデリーナもワンピースの裾を掴み、略式の挨拶をする。

リベリオの周りからヒュー！　と口を鳴らし、冷やかすような音が聞こえる。

「俺、お貴族様から挨拶してもらったのって初めてだぜ！」

どうやら単純に素直に感動したらしかった。

「うるせえ！　静かにしろ。てめぇに挨拶したんじゃねーよ」

とリベリオに怒鳴られ、口笛を鳴らした少年はしょぼんとした。

「お話、進めてもいいかしら？」

とりあえず上品に話し合おうと、いつもの口調でリベリオに話しかける。

「そうだったな。んで？　俺に何の用だい？」

「簡潔に言うわ。一つ、リミア商店街の責任者に会わせて。二つ、カスト達ちびっ子スリ集団を解放して、堅気の生活に戻して」

「『断る』と言ったら？」

「どっちも駄目な理由を知りたいわ」

「一つ、この商店街の管理は理事長から俺に一任されているから俺に会えば問題ない。二つ、ここに住む奴らから上納金《じょうのうきん》を徴収《ちょうしゅう》するのは当たり前。払う手立てがなければ人からかっぱらってでも稼ぐのは当然」

当然、アデリーナは反論する。

「小さい子の仕事は勉強と健康な体作り。それに親が病気で働けない家庭には、商店街の理事長や役員達が支援するのが筋よ。代理とはいえ責任者であるあなたはそれを放棄している。それにあなたは、この商店街の姿を見てなんとも思わないの？　リベリオはここの商店街の出身ではないのかしら？」

「俺は金のために命令に従うだけだ」

「あなたの一存《いちぞん》でなんとかならないかしら？」

首を傾げて可愛く言ってみるが、もともとキツい顔立ちのアデリーナがやっても効果があるかどうか。

「なんともなんねーな」

やっぱり効果はなかった。

（こんなお願いの仕方で受け入れてもらえるなら、乙女ゲームから離脱しないわよねぇ）

「じゃあ、力ずくでお願いしようかな。私があなたに勝ったら、私がリミア商店街の責任者になるわ。いいわよね？　すべて一任されているんでしょう？」

「へぇ、自信だな。まあ、魔法が使えるもんな、あんた」

「魔法だけだと思わないでね。肉も上手に焼けるわよ――これで」

アデリーナお得意のファイヤーボールが手のひらで生まれる。

が、刹那消えた。

「!?」

リベリオが自分に向けている短い杖を見て、アデリーナは納得した。

魔法補助具だ。魔力が足りない者に補充できるタイプのものだろう。アデリーナは一瞬でその杖の効能を分析した。

そして次にリベリオが繰り出そうとしている魔法も。

彼は他のチンピラ達に比べて多く魔力を持っているらしい。けれどアデリーナに比べたら半分にも満たないとわかっての判断で、補助具を使用したのだろう。

詠唱は聞こえないが、わずかに見える波動が、それが『何か』を如実《にょじつ》に伝えてくれた。

――硬直の魔法。

全身を硬直させて、身動きをとれないようにするつもりらしい。

知らず奥歯を噛みしめる。

（ならば！）

適した魔法が幾つも頭に思い浮かぶ。アデリーナはその中から、

『反射＋相乗効果の魔法』

を選ぶ。

このくらいの魔法なら、アデリーナなら詠唱もなしで行えるからだ。

魔法同士がぶつかる音がし、リベリオ達の方が氷漬けされたように一瞬で動かなくなった。

「て、てめぇ……っ!」

体は動かないが口は動く。リベリオは必死に動かそうとしているが、ウンともスンともしない体に悔しそうに眉毛を寄せた。

(眉毛は綺麗に剃ってあるのでわからないけれど、たぶん、悔しそうに眉毛寄せているわよね)

とアデリーナ。

反射魔法から難を逃れた数人のリベリオの部下であるチンピラが、

「てめぇ! 生意気だぞ!」

アデリーナに襲いかかってきた。

「お黙り!」

振りかぶってくる拳や蹴りをかわし、腕を掴んだ刹那、チンピラの一人がくるんと回転し床に転がる。

すぐにアデリーナは次のチンピラの胸元に体を寄せたと思ったら、いつの間にかひっくり返って床に転がっていたので、そのチンピラは呆然とする。

最後の一人は足を引っかけられ、こけそうになったのに襟を掴まれ引っ張られた途端、腕が首に入りそのまま後ろに倒された。

一見華奢な女性に、腕一本で転がされたのだ。何が起きたのかわからず、チンピラ達はポカンと呆けた状態で床に転がっている。

ズンズンと大股でソファに座ったまま硬直しているリベリオに近づき、背もたれに手をつき前屈みにリベリオを睨みつける。

「あんた、いくらこちらが魔法が使えるからと、女性に『硬直』の魔法をかけようとするなんざ、悪戯でもするつもりだったのかい？　何もできなくなった女をいたぶって男がすたるとは思わないのかい？」

さっきとは打って変わったアデリーナの口調に、リベリオは息を呑んだ。

雰囲気といい、目つきといい、別人のようだ。

まるで誰かが、そう幾度も修羅場を経験した者が乗り移ったかのように。底冷えする眼差しだ。

(何者なんだ！　こいつ……本当に貴族令嬢なのか？)

「いいかい？　あんたが堅気以外の道を歩むつもりでいるなら、堅気の者に手を出すんじゃないよ！　道理《どうり》に欠けてんだ！　堅気を泣かすなんてことは絶対にしちゃあいけないんだよ！」

アデリーナの怒声がリベリオの頭を、胸を、貫いた。

まるで雷が落ちたかのような衝撃だ。

いや、本当に落ちたのかもしれない。アデリーナは魔法の使い手だ。それもかなりの。

（俺達が敵う相手じゃやねぇ……）

一本筋が通り曲げない正義感を持ち、たとえ自分が傷ついていても周囲の人間を守っていく
——そんな女性でもある。

そうでなければ、こんなところにたった一人で乗り込んでくるはずがない。

（すげえ、すげえじゃないか。こんな女……初めてだ）

「負けだ、俺の負け。ここの代理責任者の地位をアンタに譲るよ……」

リベリオは潔《いさぎよ》く負けを認めたのだった。

# 第六章　仲直りのシュラスコと、とりあえずリミア商店街の代理責任者になりました

漁港の外《はず》れ――。

「あねき、こんな感じでどうっすか？」

チンピラ達がアデリーナに、組み立てたものを確認してもらう。

ブロックを四方に並べ、中に炭を敷く。そうしてから商店街に放置してあった網をブロックにかかるように置いたのだ。

それを肉用と魚介用に二つ、用意した。

同じ場所で焼くと、肉の味も魚介の味も混じってしまってよろしくないというアデリーナの考えと、これから作る料理の豪快さを考えてのことだ。

「うん、上出来！　終わったらこっち手伝ってくれる？」

「えっ？　まだあるの？」

チンピラ達は音を上げたような声を出した。

なにせ、アデリーナと決闘してすぐにリミア商店街からこの漁港に連れ出された上に、港長に「ここで魚や肉を焼いていいか？」と聞きに行き、それからバーベキューの準備を手伝わされていたのだ。

商店街に戻り、バーベキューに使えるようなブロックと網を探し、そのまま敷こうとしたらアデリーナに、

「今まで放置してあった物なんだから、そのまま使用したら汚いでしょう！　洗って消毒！」

と叱られ、今までせっせと言う通りにしていたのだ。

「働いたら働いた分だけ美味しくいただけるわよ。特に自分で準備したご飯はね。ほらこっち来て、切った肉を串に刺して！」

「……えっ？　これサーベルじゃないっすか？」

『串』と差し出された物を見て、チンピラ達は目を瞬かせた。

どう見てもサーベルだ。剣だ。柄には指や手を保護するために鍔《つば》がついている。

「そう？　店員さんに『シュラスコ用の串ください』って言ったら、それだしてきたけど？」

「それは……『シュラスコ』って意味わかってないんじゃないっすかね。俺等だって見るまでバーベキューだと思ってなかったし」

「買いに行ったの武器屋っすか？」

「金物屋《かなものや》よ！　ルルエにあるでしょう？」

あ～とチンピラ達は溜息を吐きながら肩を落とした。

「な、なに？」

「あそこ武器屋も兼ねてんすよ」

「ええ!?　なんで金物屋と武器屋一緒にしちゃってるの？」

「だって包丁だって似たようなものじゃないっすか。それに漁港で働いている奴らが使うでかい包丁や鋸《のこぎり》だってあるし」

「意味がわからない……」

アデリーナは額を押さえる。

『シュラスコ？　どんなの？』って聞かれて『こんな長い剣のような串』と答えたのがまずかったのか。

じゃあ今、肉を刺しているのは串じゃなくて剣なのか？

「……もういいわ。肉が刺せればなんだって。誰がなんと言おうがシュラスコなんだから！」

頑《かたく》なに『シュラスコ』だと言い張るアデリーナにチンピラ達は「はいはい」と大人しく従う。

渋々串に刺し始めたものの、形になっていくのを見てやる気が出てきたらしい。黙々と刺し始める。

なにせ、串の長さに刺す肉の大きさといい、量といい育ち盛りの少年達が夢中に刺し始めるのには十分に魅力的なビジュアルだからだ。

自分の腕くらいはある長さのサーベルみたいな串に、拳大《こぶしだい》ほどの肉塊を刺していくのだ。鳥、牛、豚と揃っていて、ウインナーやベーコンもある。もちろん野菜も。

「うん、そうしたら粗塩《あらじお》をよーく肉に振って。炭火でじっくり焼いていくの」

「すごいっすね！　これ、どうやって食うんです？」

「あとで教えてあげるわ。今は片面だけ焼いて焦げ付かせないように気をつけて。こうやって……時々ひっくり返して回して……ウインナーとベーコンは焼けるのが早いから後でも十分」

「わかりやした！　確かにこれは腕にクルー！　ガキやあねきには辛《つら》いっすね」

そう言いながらも串と肉の大きさに喜びながら焼いているチンピラ達を横目で見ながら、アデリーナはソース作りを始めた。

商店街で購入したものは肉ブロックと野菜。それと漬けるソースの材料だ。

ソースの種類はたくさんあった方がいい。

（それと……）

果物――パイナップルとバナナ。それにトッピングする粉砂糖やシナモンやら。

パイナップルはカットして串刺しに。バナナは皮を剥いて一本丸ごと串に刺しておく。

あとは自由に焼いて食べてもらったらいい。

ちびっ子達とリベリオ含むチンピラ入れて総勢十人。食べ盛りだからきっとたくさん食べるはず！　と買い込んだが……。

「ちょっと買いすぎちゃったかしら？　まあ、残ったら家族の分け前として持って帰ってもらって、私もストックしましょうか」

便利なポシェットもあるし。でもそのまま入れたらさすがに臭うだろうな、と悩みながらソース作りに励《はげ》む。

「あねき！」

「姉ちゃん！」

と漁港の方からリベリオとカストの声がする。

ちびっ子達と一緒に魚介類を買ってきてくれるよう頼み、今帰ってきたのだ。

籠《かご》いっぱいに魚介を入れている。

「たくさん買ってきたのね～。お金足りた？」

馴染みのあるサザエやはまぐり、エビにタコにイカ。小ぶりの魚がたんと入っている。

「もう市場の終わり時だったし、まけてくれたんですよ。それと……」

「それと？」

リベリオとカストが顔を見合わせて苦笑する。

「あの……漁港売り場のあんちゃん達が『まけてやるから俺らにも肉を食わせてくれ』って……」

「勝手に承諾しちゃったけど、いい？」

「かえって助かるわ！　肉とか買いすぎちゃったかもって、思っていたところなの」

「よかった～！　姉ちゃん怒ると怖いから、怒られたらどうしようって言ってたんだ」

「それは余計だって！」

肘《ひじ》で小突き合っている二人を見て、アデリーナも安心した。

仲良くやっていけそうだ、と。


肉塊もほどよく焼けた頃、漁港市場の者達もやってきた。酒や食べ物の差し入れを手に。

「ご相伴《しょうばん》に預からせていただきます」

「いえ、こちらこそ。こころよく場所を提供してくださり感謝します」

港長もいて、互いに挨拶を交わす。

「確かに商店街でバーベキューなんぞしたら、火事騒ぎになるかもしれませんからな」

「それもあるんですけれど、換気《かんき》も悪いし、衛生的に問題がある場所なので」

「ああ、そうですな」と港長もリミア商店街の実情を知っているのだろう、頷いた。

「あねき！　そろそろいい焼き具合じゃないっすか？」

「もう腹ぺこ！」

「んじゃあ、はじめましょうか！『シュラスコパーティ』を！」

うおおおおおお！　と野太い歓声が沸き上がる。

さすが海の男達と、元気な若者達の集団だ。

（リクシル学園にいた頃の歓声と部類が違う……）

花や蝶、煌びやかな衣装がとことん似合う見目麗《みめうるわ》しいスマートな男性達が勢揃いだったリクシル学園。

体育祭や学園祭の時にも、興奮に雄叫びした男子生徒達もいたがここまで野太くなかった。

こちらは筋肉隆々の日に焼けた海の男達と、生活困窮で辛い目にあってきた者達だ。

心の底から湧き上がる感情の表現が逞しい。

（ご飯一つでこんなに喜んでもらえるというのは、作ったかいがあったというものよねぇ）

豪快な声にビックリしたが、ちょっとじーんときてしまう。

「あねき、一ブロックいっちゃっていいの？」

「待って。ナイフで切るのよ」

串から肉を抜き取ろうとしているチンピラを止めて、ポシェットからナイフを取り出す。

革製のお洒落なポシェットからナイフがヌッと出てきて、皆ギョッとした。

「これで……刺した状態で根元から先まで切っていきます。食べたい大きさの分、切っていくの」

と皿の上で刺した肉を、根元から三センチほどの厚みで豪快に切っていく。

ポトンと皿の上に落ちた肉の匂いとジューシーさに「おおおお！」とまた野太い声が轟く。

「粗塩がかかっているから、そのままでも美味しいと思うけれど——一つの味だけじゃ飽きちゃうと思って、ソースも作ってありまーす」

とアデリーナは、四つの角形ポットに用意したソースを披露した。

「一つはオレンジソース。絞ったオレンジの果汁に蜂蜜《はちみつ》をいれて片栗粉《かたくりこ》でとろみをつけました。二つ目はリンゴソース。おろしたリンゴとタマネギに塩とワインビネガー、蜂蜜、オリーブオイルを加えました。三つ目はネギ塩ソース。ネギをみじん切りしたところにごま油、塩、鶏ガラスープを混ぜ混ぜして出来上がり！　最後に定番バーベキューソース！　おろしたタマネギとニンニクにトマトソースにウスターソース、胡椒を加えて完成！」

「四種類も作ったところもすごいが、量もすごいな！　これ一リットルポットだぜ」

「しかもさっき、ポシェットからナイフ出してくるしな！」

「姉ちゃん、優雅な顔立ちなのにやることは豪快だな！」

海の男達の感想がひどい。

しかもそれに便乗《びんじょう》して、カスト達も軽口を叩いてくる。

「あのポシェットにはナイフの他に、肉やら魚の切り身やら入れてるんだぜ！」

「火が消えても大丈夫！　あねきが魔法で出したファイヤーボールで焼いてくれますぜ！」

やんややんやと言いながら肉を切り分け、魚介類を焼き、ソースをつけて食べて盛り上がっている。

「……ちょっと、褒めるところが違くない？」

「いやいや褒めてるんすよ、あねきのこと。普通の女と違って気品の中に逞しさを感じるというか、筋の通った美しさを感じます」

そうリベリオが褒めてくれるが、アデリーナは顔をしかめる。

——というのも、先ほどから気になるのだ。『呼び名』が。

「ねぇ、あんた達。さっきから私を呼ぶとき『あねき』って言ってるけど……それ、年上を敬う意味での『姉貴《あねき》』でいいのよね？」

カスト達ちびっ子とチンピラ達が顔を合わせる。

ちびっ子達は、

「俺達より年上だもん。『姉ちゃん』だよね？」

と、不思議そうに首を傾げたのでよしとする。

問題は、リベリオ含むチンピラ達だ。

「そりゃあ、俺達を率いる親分たるお方になるんですから『姐貴《あねき》』とか『姐御《あねご》』とお呼びした方が……なあ？　お前達」

やっぱり。嫌な予感が当たった。

ガクーン、と頭を垂らすアデリーナだったが、勢いよく顔を上げ、拒絶する。

「絶対嫌！　絶対駄目！　そんな呼び方しないで！」

冗談じゃない。前世でも実家では組員達にずっと『姐貴』とか『姐御』とか言われ続けていたのに、転生したゲームの世界でまで言われたくない！

（だって『乙女』よ？　そりゃあ、ホラー仕立てとか、ミステリー仕立てとかいろいろあったけれど、この『誓いの王国』はキラキラな世界だったんだから！　アデリーナだって悪役令嬢だけどキラキラで『アデリーナ様』なんて呼ばれていたのに！　どうして追放されてゲームから離脱した途端に『姐貴』『姐御』扱いキャラになるの!!）

「そっちの方が似合うな！」

「貫禄《かんろく》あっていいじゃないか」

「頑張れよ！」

海の男達、納得しすぎ。

「じゃあ、なんて言えば？」

「普通に名前で呼んでくれていいわよ」

リベリオにそう答えると、彼は困ったように眉を寄せた。

いや、眉剃っててないけど。

「これから配下になるのに、そう馴れ馴れしく呼べないっす」

リベリオの部下だったチンピラ達も一緒に「そうだ」と頷く。

「配下って！　違うでしょ？　リミア商店街の代理責任者になっただけじゃない。リベリオ達は自由にしていいのよ？」

そう言うアデリーナにリベリオは、彼女の前で片膝をついて俯く姿勢をとった。

チンピラ達もリベリオに習って、見よう見まねながらも同じ姿勢を取る。

それが姫君に忠誠を誓う騎士の姿とダブり、アデリーナは図らずも「きゅん」としてしまう。

(ああ……！　いいわ！　こういうの大好き！)

凛子もアデリーナも、こういう姫様の気分にさせてくれる行動やイベントが大好きだ。

これだけでも『姐御』とか、物騒《ぶっそう》な呼び方をするのも許してあげたくなってしまう。

「俺達、もともとリミア商店街では爪弾《つまはじ》き者で……。俺の店が夜営業だったこともあったのが原因なんです。『夜の店はいかがわしい』と決めつけられちゃって、商店街では村八分みたいな扱いを受けていたんです。こいつらの店も同じようなもんです。嫌がらせもされて、親は喧嘩別れしてしまって。どうにも憎くなってしまって……」

「もしかしたら対面したあの店って、リベリオの店だったの？」

「はい。ショットバーを経営してました。親がカクテルを作る技能や酒の知識を持ち合わせていたんで。けっしていかがわしい営業なんてしてなかったのに、夜に開けるというだけで……」

「オーセンティックバー……？　本格的だったのね」

「姐御は知っていたんすか！　さすが貴族出身！」

「それは関係ないと思うし、それにもう貴族じゃないし」

「えっ？」

どういう意味？　とリベリオ達だけでなく、聞き耳を立てていた海の男達もアデリーナを見つめる。

アデリーナは手をバンザイしながら言った。

「それはおいおい話すわ、今はリベリオ達の話が先。――で、自分達も落とし前をつけようってのね？　じゃあ、協力して」

「うっす！」

『うっす』はやめてよ。もっと普通に言えないの？　特にリベリオは大人のショットバーを開いていた両親がいたんだから、言葉の使い方なんて教わっていなかった？」

「お客さんに対しての言葉遣いは厳しく言われましたけど、お客さんに対してだし……内輪では砕けた話し方だったんで」

「けじめは大事。リベリオ達がこれから生まれ変わってくれないと私だって、あなた達にどう責任をとらせるか頭を痛めることが増えてしまうわ」

「うっす！　……ぁ、すいません。はい、です」

「せっかく今、忠誠を誓う騎士みたいな姿勢でいるんだから、その態度に似つかわしい言葉遣いをしなさいよ。あと格好もね」

「……格好、駄目ですかね？」

「鼻に繋げるピアスは取りなさい。あと服装も、カチッとしたまでいかなくても好感が持てるような清潔感のある服にして。――それと髪もね。私と落とし前をつけるつもりなら、長髪をピンと立たせるなんて許さないわよ」

「けれど、これは俺達のスタイルだし」

「『身だしなみの乱れは心の乱れ』！　と言いたいけれど、似合ってないのよ。特にリベリオ」

「お、俺？」

　少々ショックを受けた顔になったリベリオに、アデリーナは腰を曲げて近づく。

「派手な服装にヘアスタイルでしょう？　化粧までしてるし。せっかく整った顔立ちしてるのにそれを隠しちゃうのってどうなの？　自分に似合う服装にヘアスタイルを勉強してきなさいよ」

「えっ？　ええっと……そ、そうっすか？　いや、整ったって……嬉しいけど……じゃ、じゃあ、変えてみようかな？」

　そう返事をしながら顔を真っ赤にして目を彷徨《さまよ》わせているリベリオに、アデリーナは「？」と首を傾げた。

　目と鼻の先まで接近していることに、アデリーナは何の違和感も抱いていなかった。

　早速鼻ピアスを取ったリベリオは、またアデリーナの前で改めて片膝をつき俯く。

「姐さん、俺達を使ってください。商店街が荒んでしまったのは、逆らわずに指示通りに従った俺達にも責任がある。姐さんに付き従うのが俺達流の落とし前の付け方です。これからは姐さんの手と足になるつもりです」

　先ほどとは違う言葉遣いに、彼らなりの真剣さをアデリーナは受け取った。

「……生まれ変わって罪を償《つぐな》うって言うんだね？」

「はい！」

「じゃあ早速、明日九時にリミア商店街出入り口に集合ね？　その前に生まれ変わった証明として今の格好をなんとかしてくるように」

アデリーナはニコリと笑う。

どうやらその笑みが、腹に一物ありそうな邪悪な顔に見えたらしい。

リベリオ達は海の男達に、憐憫《れんびん》の眼差しを向けられていた。

# 第七章　理事長は大統領の息子!?

「あら……変化の振り幅すごいわ！」

約束通り、九時にリミア商店街前に集合してきたリベリオ達の出《い》で立ちにアデリーナは、思わず驚きの声を上げた。

昨夜、別れたときと違ってパンク風の少年達は髪を下ろし、切り裂いた服を脱ぎ捨て、化粧や装飾品も最低限にしている。

皆、黒のストレートパンツに白シャツ、そしてベストという格好だった。

特にリベリオは劇的な変化だ。

元の顔の作りはいいとは思っていたが、塗りたくって顔の作りを消していた化粧を落とすと鼻筋も通っているし、上品に整った顔立ちだ。

髪は後ろで一つにまとめていて、清潔感もある。

残念なことにまだ眉毛は生えていないが。

「どう、姐御。惚れ直した？」

「惚れ直す前にまず惚れてないし」

リベリオの軽口に笑いながら返す。

「けれど、どうしてみんな同じ格好なの?」

「いやぁ、俺達普通の服なんて持ってなくて、リベリオ兄貴の持ち衣装を借りてるんすよ」

「ああ……! バーの従業員用の衣装ね、それ?」

「そうだ」と頷かれ、アデリーナは「ごめん」と謝罪する。

「他のデザインの服を持っていないとは思っていなかったわ!」

「そりゃあ、俺達一般市民ですよ? そんなに服を持ち合わせていませんって」

「そうなのね……ますます申し訳ないわ」

自分視点で物事を考えていた。アデリーナに転生して、彼女の生活はすべてにおいて充実していた。

凛子のときと同じように考えれば近い生活なのだ、彼らは。

(そうよね、私ったら、貴族の習慣が抜けていないのね)

反省せねば。自分だってもう貴族ではない。無駄遣いも控えないと。

「先に服を見に行く?」

「姐御さえよければ、俺達はこのままでもいいです。けど、これから行くところにふさわしくないようでしたら、姐御に選んでもらった方がいいかも、ですが」

「そうね……かえって今の格好の方がいいかも。ちょっとかしこまってネクタイをつけた方が、向こうも対等に見てくれるかしら？」

「じゃあ、ネクタイだけ買いましょう」

申し訳なくてネクタイはアデリーナが購入したが、皆ちょっと顔をしかめた。

「どうして全部黒ネクタイなんですか？」

「……あ、いやぁ……うん！　その、ほら、黒ならなんでも合うし！」

慌てて言い訳する。時々、前世の凛子の生活習慣が出てくる。

黒は『他の色に染まらない』という性質があり極道の考えと類似《るいじ》しているため、通常服で着用する色なのだ。

「まあ、いいか。冠婚葬祭いけるし」

「そうなの？　葬式はわかるけれど、結婚式も大丈夫なの？」

「貴族は違うんですか？」

「──あ、ううん！　ごめん！　私の勘違いみたい」

そうだ、アデリーナの記憶では、黒ネクタイは関係なく冠婚葬祭に利用されていた。

貴族だからジャボタイというフリルタイが多かったけれど。

凛子としての記憶を思い出してから時々、ごっちゃになる。

（気をつけないと）

自分だけで済むならいいけれど、周囲の人も巻き込んで混乱させたらいけない。

「じゃあ、ネクタイをつけたら行きましょうか」

そう、これから向かうところは、リベリオが代理を頼まれたリミア商店街の責任者のところだ。

昨日シュラスコパーティで、リベリオからその辺りの事情をみっちりと聞いた。

実はリベリオも、リミア商店街の責任者に会ったことがないという。

『秘書みたいな人と会って代理を頼まれただけ。普通は商店街の責任者なんて賃金は発生しないからやり損なんだけれど、毎月ちゃんと報酬をもらえていたから』

とリベリオ。

しかも理事長のダニロも今は引退して、そのリミア商店街の責任者が後任だという。

すべての元凶は、その姿を見せないリミア商店街責任者兼理事長——。

秘書らしき人物は月に一度、商店街を視察しに来て、それからリゾートエリアである海岸通りのホテルで一泊して帰っていくという。

「その理事長は、リミア商店街の責任者でもあるんでしょう？　その人のお店は？」

「店舗は持っていますけど、自分では開いていません。ただ持っているだけ。でも管理費も払っているし、あと寄付金が莫大なんです」

「あー、それでルルエとベルティの商店街の人達は頭が上がらないわけね」

うんうん、と頷きながらアデリーナは納得した。

リベリオの話は続く。

「昨夜、リミア商店街の代理責任者の交代を知らせました。近いうちに秘書を送ると連絡がきています」

「じゃあ、今日はルルエとベルティの商店街の責任者と顔合わせするだけね」

本当はその黒幕と言える理事長と会いたかったけれど、商店街近隣にいないどころか、アローラにもいないのだから仕方ない。

(他に事業でもやっているのかもしれないわね)

とりあえず、今日中にやりたいことをてきぱきとこなしていこう、とリベリオ達を率いて各商店街の責任者に挨拶に出向いた。


「『少々、喧しくなるかもしれませんが、どうか大目に見てやってくださいね』というのはこのことだったんすか？」

リベリオの手下だったチンピラ達が、口を尖らせてホウキで路の埃を集める。

カスト達ちびっ子達は大きなゴミを拾って集めている。

「そうよ、この商店街を再開させたいなら、まず掃除でしょう！」

そう言いながらアデリーナも、トングを手にしてゴミを拾っている。

「しかし、俺達だけだと何日もかかりますよ？」

「そりゃあ数年分溜まっているものね。数日で終わるなら御《おん》の字じゃない？」

げー、とうんざりしたチンピラどもの声が商店街に響く。

「姐御、風魔法でゴミを一つにまとめてみたらどうですか？」

いい案思いついた、というようにリベリオが提案してきたが、アデリーナは首を横に振った。

「最終的に考えているけれど、それじゃあ楽ばっか覚えるでしょう？　数年かけてここまで荒れさせた商店街への責任を果たしてもらうためにも、こうして体を使ってもらっているの」

「……う、す、すみません」

「ここまでやってしまったことを身をもって経験して、しっかり反省しなさいよ」

すごすごと各持ち場に戻っていくリベリオ達を見送ってから、アデリーナもゴミ拾いを再開した。

夕方、日が沈む頃まで黙々と掃除をしたおかげで、路は綺麗になった。

ゴミは一つのところにまとめたら山ができて、どうしてかちびっ子達が喜んでいる。

「わーい！　山だ！　ゴミ山だ！」

「すげえ！」

子供だなーと、ほんわかとした気持ちで見ながらアデリーナは、リベリオに尋ねた。

「ゴミ回収車っていつ来るの？」

「毎日午前中のうちにやってきます。――あ、ここは来なくていいって止めてるんだった！　明日、やってきたらつかまえて頼みます」

「よろしくね。あと一度、散水車も依頼した方がいいかな。砂埃《すなぼこり》とか洗い流した方がよさそう」

「そうですね。連絡取ってみます」

本日はここまで、ということで皆、手を洗い埃を落としてからリベリオの店に集まり、おいおい買ってきたテイクアウトの食事を広げ、食べる。

串焼きに、揚げ物、野菜の煮物。そしてアデリーナはパイナップルとバナナを使ったデザートを提供した。

パイナップルはドライフルーツに、バナナは生地に練り込んでパウンドケーキにした。

特にパイナップルは好評で、一口大に切ったせいか、次々と消化されていく。

「あ、これ。うめぇ。つまみに最高じゃね？」

「昨日、食べなかったくせに。たくさん残って仕方なかったんですからね」

皆、肉と魚ばかり食べて食後のデザートして用意した焼きバナナや焼きパイナップルが残ってしまったのだ。

切ってしまったので日持ちしない。

万能ポシェットに入れとけば鮮度はそのままだが……。

（さすがにパイナップル五個分とバナナ十房分、食べきるまで入れとくのは……）

もやもや感が半端ないので、半分はアイスとして利用しようと冷凍庫へ。

半分はこうして提供しているわけだ。

「いやぁ……昨日は仕方ないっすよ、姐御。だって肉の量が半端なかったし」

「そうそう。魚介だって、買った責任があるからもう無理矢理腹に詰め込みましたから！　なぁカスト」

「うん！」

とリベリオもカストも、幸せそうに頷き合っている。

確かに買いすぎた感は否めないので、アデリーナは黙った。

こうやっていると、リベリオもまだ少年なのだとわかる。笑い方が屈託ない。

（……私も同じくらいの年齢なんだけど、凛子の記憶があるからねぇ）

たぶん、精神年齢が上がったと思う。

そして前世を含んだ経験値も――。

「リベリオ、あんた達の他に雇われたチンピラっていないの？」

「どうでしょう？　俺もそこまでは……。他の地区にもチンピラとかどうしようもない輩《やから》はいますけど」

リベリオも首を傾げる。

「悪いけれど、今夜一晩働いてほしいんだ」

アデリーナは、ちびっ子以外のリベリオとその部下達に耳打ちした。

◇◇◇◇◇

朝——。

（なんだか、朝ご飯持っていくのが習慣になりそうな……）

皆、逼迫している身の上だから面倒を見るのは仕方ないと言える。

それに面倒を見るという行為は、有吉組なら当たり前だ。

『困っている堅気の連中には手を差し伸べる、特に縄張りにいる堅気さん達には』

世間的にはけっして胸張って言える職業ではなかったが、曲がったことなんてしていなかった。むしろ慈善事業的なことばかり行っていた。

それが父の『仁義・任侠』だったから。

こうも凛子の父を思い出し、その教えに沿って活動しようとするのはたぶん、今世のアデリーナの父が娘を顧《かえり》みない人だからだろう。

アデリーナにとっても、凛子の父の方が親しみやすいのかもしれない。

だからこそ、こうしているのだと考え始めていた。

先に港へ行って魅惑の塩ヨーグルトのサバサンドを人数分購入しリミア商店街へ。

待っていたのは予想通りの報告だった。

「姐御の言った通り、夜中にゴミを荒らしにやってきました。数人捕らえましたけど、あとは逃げられました」

リベリオの報告を聞きながら、捕らえたという者達に会いに行く。リベリオの店の二階だ。

捕らえたのは四人。

皆後ろ手に縛られて、座らされていた。

「他の地区のチンピラどもじゃありませんでした。このリミア商店街の連中です」

「……そうかい。リベリオ、あんたはゴミ収集車をつかまえて、ゴミの処理頼んでおいて」

「わかりました」

リベリオは捕まって一つの場所に座らされている『仲間』を一瞥《いちべつ》し、外へ出ていった。

アデリーナもこの四人の顔は覚えていた。

リミア商店街でどうにか営業を続けている、噴水広場に面した店の主人達だ。

「単刀直入に聞くよ。同じ商店街の連中が足を引っ張って一体、どういうことだい？　自分の意志かい？　それとも誰かに頼まれたのかい？」

尋ねてもだんまりだ。

「昨日の挨拶で、私がこの商店街の代理責任者になったことは知ってるだろう？　それをわかった上での嫌がらせかい？」

「……余所者《よそもの》に、ここの商店街の管理などできるものか」

ぽつり、とおっさんが言った。

「できるかできないか、やる前からわかるものか。それに余所者の方が、わかることやできることがあるかもしれないよ？」

「できねーよ！　あのお方のバックを知らないからあんたはそう言えるんだ！」

とおばさんも。

「――あんた達、理事長が誰だか知ってるね？　会ったことがあるのかい？」

しまった、というような表情を見せ、四人はアデリーナから目を逸らし顔を俯かせた。

「一つ聞くけど、あんたら脅《おど》されてやっていたのかい？　それとも、金品や何かと引き換え？　それくらいは言えるだろう？　言えなかったら……こっちも荒療治しないといけなくてねぇ？　なにせこっちも資金繰りとか考えれば短期集中戦なんだ」

「ファイヤーボールでも出して脅すって言うのかい？　恐喝罪で訴えてやる！」

「今まであんた達のしでかした罪を白状させるだけだよ？　それにはファイヤーボールはいらないいね。……というか、どうして私がファイヤーボールの魔法を出せることを知っているんだい？」

また黙ってしまった。

「まぁ、大方こっそり監視していたか、スパイ役がいるかだけどね」

そう言いながらアデリーナは、四人の縄をほどいてやる。

その行為にリベリオの仲間達だけでなく、捕まった商店街の住人も驚いた。

「なんで縄を解くんすか？　せっかく捕まえたのに」

「もうこの四人のメンツは割れている。逃げるとしたらこの商店街から、アローラから去るしかない。それに――開店準備をしなくちゃならないだろう？　皆、自分の店を持っているんだ」

四人は驚いた表情のままで顔を見合わせた。

「私は代理とはいえこのリミア商店街の責任者だ。私の勝手で店は閉めとくわけにはいかない」

「……ふん、私らはあんたを認めないよ！」

「認めなくていいよ。あんたらにとってその理事長が一番なんだろうし。けれど、リミア商店街に住んでここで店を開いているなら、邪魔はしないでもらいたいね。……いやなら店をたたんで余所へ行きな！」

最後のアデリーナの台詞が効いたのか、それ以上減らず口を叩かず黙って去っていった。

ただし、睨み付けてはいたが。

戻ってきたリベリオが、すれ違い血相を抱えながらアデリーナに近寄る。

「いいんですか？　あいつら性根悪いですよ？　俺の両親にも嫌味を言ってきたんですから」

「いいさ。いずれこの商店街が元の活気を取り戻したら、今までの行いを反省するだろう。まあ、注意はしとくけどね。——あとは、逃げた連中だね、おそらく他の商店街の連中だと思うんだが……」

「それは同感です。顔は覚えていますから探ってみますよ」

「頼もしいね」

アデリーナの言葉にリベリオは照れを隠さない。

「さて！　朝ご飯を食べたら、掃除の続きをするよ！」

今日も掃除だ。しっかりご飯を食べないと、と皆の尻を叩きながらアデリーナは言った。


散水車の手配はやった。来るのは明日。

掃き掃除をしながら、アデリーナは天井のガラスのアーケードを見上げる。

所々破けて、眩しい日差しが差し込んでくる。

もともと雨除けのものだが、アデリーナはもったいないな、と思った。

せっかくの日差しが曇りガラスで霞んでしまうのだ。そのせいか、ここだけでなくルルエもベルティもなんとなく薄暗い。

頭に浮かんでいるアイデアはあるが、勝手にやっていいわけはないだろう。

外観の問題は、他の商店街との調和があるから随時相談しないとならない。

(お金ならあるから、勝手にやっていいのならやるんだけどなー)

あと、街灯も魔法石の魔力切れでスイッチを入れてもつかない。

それに、店主のいない店が大半だ。

元の店主の現在の居場所を突き止めて、話し合わないとならない。

問題は山積みである。

街灯やらはこっちでできるが、アーケードや、寂れて放置された店はアデリーナだけではどうしようもない。

「とにかく、理事長が来ないとどうにもならないわね」

それに――

(腹が立つのは、この予算よ)

商店街ごとに予算が振り分けられているが、リミア商店街には予算がまったくない。これも理事長が来ないと予算がもらえない。自腹を切るしかないのだ。

「秘書の人じゃなくて理事長本人が出てこーい！」

アデリーナは叫びながら商店街の路を掃除した。

今日は修理する箇所をチェックして、店は開いていないが、まだアローラ内にいる店主達の居場所を探った。

それからリベリオが嫌がらせして逃げた相手を見つけ、報告を受けた。

やはりルルエとベルティで店を開いている人間で、役員の一人だということ。

各商店街に管理責任者というまとめ役がいて、その下に書記と会計がいる。そして名前だけの役員も。

「逃がした奴らは書記と会計ですね。どうします？」

思ったよりリベリオは有能だ。

（ただのチンピラと思っていたけれど、これはいい構成員になりそうね）

と思ったところで、アデリーナは慌てて首を横に振った。

（違うでしょ！　ここは凛子の時代じゃなくてアデリーナの時代！　魔法とファンタジーの乙女世界よ！）

「姐御？」

「もう！　『姐御』なんて呼ぶからごっちゃになるんじゃないか！」

意味もなく怒られてリベリオは首を傾げたところで、アデリーナは我に返る。

「あ、うん。誰だか素性はわかったからこのまま泳がしとこう。どうせ詰め寄ったところでシラを切るのはわかってるし」

「そうですね。ルルエとベルティの責任者がこのことを知っているかどうか、というのもありますしね」

「その辺も確認しといた方がいいわね」

「わかりました、探っておきます」

「なら、噴水広場に面した店の主人達の動向を探った方が早いかも。どこかで合流して話し合うかもしれないよ？」

「――あ、そうですね。さすが姐御！　現場押さえたらシメときます！」

「いや、シメなくていいから」

リベリオ含むチンピラはどうも考え方が極道寄りだ。健全じゃない。

（うーん、私が『仁義』や『任侠』の意味を教えていかないと駄目かな）

頭の痛いアデリーナだった。

◇◇◇◇◇

五時の鐘がなる。

（結局今日も、秘書の人にも理事長本人にも会えなかった）

朝の九時から十六時までよく働いた。

けれど秘書からの連絡はまったくなく、時は過ぎてしまった。

リベリオは『明日も連絡がなかったら、またこちらから連絡してみます』と言っていたが、本当に来る気があるのかアデリーナは不安になる。

来なければ直接出向いてやろうか、とも考えたが、リベリオ達もどこに住んでいるのかわからないというのだからどうしようもない。

（黒幕は隠れるのがうまいのよねぇ……）

そう思いながら他の商店街へ。

今夜はストックしてある食材が少なくなってきたので、各自で夕飯をとってくれるよう頼み、アデリーナは食材の調達に来たのだ。

——ところが、

「あ～……ごめんな、もう売る分がないんだ」

「ごめんよ、品切れなんだ」

とアデリーナに食材を売ってくれない。

それどころか、「あんたに売る物なんかないよ！」と目の前であからさまに『CLOSE』の看板を立てる店も出る始末。

早朝の出来事がもう広まっているようだ。

（まずいわね、じゃあ、リベリオ達も食事をとれないってことよね）

仕方ないとリゾート地区と港市場の方まで出向いたら、無事食材は購入できたが。

「こんな夕方に来ないで朝に来な、新鮮な魚介類とっといてやるから！」

なんて港長のありがたいお言葉をいただいて、アデリーナはちょっとウルッときた。

ウルッときたついでに港長についさっきあったことを愚痴る。

「まったくあいつらは……小さい商店街なんだから仲良くしろってての……」

港長は呆れたように言った。

「三つの商店街で連携していきたいのだけれど、現状そうはいきそうもないわ」

「俺達の方からも奴らに口添えしとく。魚介類を仕入れている店もあるからな。まあ！逆らわずに長いものには巻かれろってな店もあるし、仕方なく右にならえという店もある。多方面から突っつけばどうにかなるだろう。港町の連中はお前らの味方だぜ」

ニカッと笑ってみせる港長の白い歯が、夕方なのにいやに眩しい。

(素敵です！　港長！)

前世の凛子は、年の差のある大人の男が好みだった。

ファザコン気味だったというのがあるだろう。前世の記憶を思い出したので、そっちに引っ張られている部分がある。

港市場とリゾート地区で買い出しを済ませ、アデリーナは帰宅した。

◇◇◇◇◇

次の日の朝、アデリーナは大量にサンドイッチを作り、ランチボックスに詰めてリミア商店街に出向く。

(魚介類のサンドイッチという贅沢な朝食になっちゃった)

しかもリゾート街にあるホテル内で売っているパンとか、まったくもって贅沢だ。

ついでに買ったスコーンも詰めてパンパンだ。

「……おもっ！」

ポシェットに入れて持っていこうと思ったが、「何でも入れちゃう」と冷やかされたので、意地でもこのままの大きさで持っていこうと決心する。

さすがアデリーナだ、バルフォルア家の人間として心身ともに鍛《きた》えていただけに腕力もある。

けれど大きさが大きさなだけあって、重心が傾き斜め加減で歩いているので「重い物を必死に持って歩いている」構図にしか見えないらしい。

会う人会う人に凝視されている。

（……それでも『お嬢さん持ちましょうか？』って手を差し伸べてくれる男性はいないのよね……）

アデリーナの顔が美人なのにキツいせいなのか、「大丈夫、彼女なら頑張れる！」と見てるのかどっちだかわからないが……。

そんなことをつらつらと考えていたら、脇からランチボックスに手をかけてきた者がいた。

「お嬢さん、どこまで？　そこまで運んで差し上げましょう」

「──えっ」

すぐ横にピタリと寄り添ってきた青年を、アデリーナは思わずジッと見つめてしまう。

鼻筋の通った精悍な顔立ち。薄めの唇に浮かぶ笑みが上品に上がっている。

カラスの濡れ羽色とも言える艶やかな黒髪を整髪料で後ろへ流し、額にわずかにかかる髪が男の色気を醸し出している。

何より――見つめてくる切れ長の黒目がとても印象的だ。

顔が近いので、光の具合で青い虹彩がキラキラと瞬いていてるのがわかる。

「……あ、失礼」

向こうも顔が近いことに慌てた様子で離れる。

アデリーナも気恥ずかしさもあって大きな声で返す。

「あ、いえ！　ありがとうございます。でもすぐそこですし……」

「なら同じ方向だ、持ちますすよ」

「でも……見た目より全然重たくないから悪いわ」

なおも遠慮するアデリーナに青年は微笑みをかける。

「だといって、黙って見過ごすなんてとてもできないな」

そう言って半ば強引に、青年はアデリーナの手からランチボックスを奪うと、

「さあ、行きましょう。案内して」

と促された。

いい男に優しくされたら悪い気はしない。

それにダブルのジャケットに白のパンツという、シンプルだが仕立てのいい服を着てい
て、身なりもきちんとしている。

もしかしたらリゾートに来た観光客かもしれない。

なら一期一会としてお言葉に甘えておこう。

「じゃあ、お願いします。行く場所を見て驚かれるかもしれませんが……」

そうアデリーナは付け加えた。

予想通り、本当に観光客ならリミア商店街を見て驚くのは想定内だからだ。

――だが青年は着いてから、アデリーナの思惑とは違う驚き方をした。

「ここ……ですか？　あなたが？」

「ええ、ここに住む知り合いに朝食を用意したんです。ちょっと事情が混み入っていまして……」

青年は訝しげにアデリーナを見つめると、確かめるように口を開いた。

「もしかしたら、アデリーナ・カルシィさんですか？　リミア商店街の新しい代理責任者になった」

「――え？　ええ……そうですけれど……。あなたは？」

「申し遅れました。私、リミア商店街及び総合管理責任者。まぁ理事長ともいいますね。エイドリック・アンサルディと申します」

彼はそう黒い瞳を細め、アデリーナに微笑んできた。

（なんですって⁉）

慌ただしく朝食をとったリベリオ達は、駆け足で商店街の役員達が集まっている集会場へ急ぐ。

アデリーナとエイドリックが先に行ってしまったからだ。

「朝食食べたらおいで」と言われたし、姐御であるアデリーナが早起きして作ってくれた、お手製サンドイッチを食べないでいたら彼女が哀しむ。

昨日の朝に起きた嫌がらせの事件は夕方にはすでに他の商店街に広まっていて、再びリミア商店街の人間達を除け者の邪魔扱いにする言動や行動が激しくなった。

そのため、リベリオ達は夕飯にありつけなかったのだ。

皆、空きっ腹を抱えながら横になったが、誰もアデリーナのせいにしなかった。

今までだったら己の不幸をすべて人のせいにしていたが、今回は違う。

まったく他人の彼女がここまで親身になってくれている。

体を張って自分達を説得し、自ら掃除をして、自分達の生活を改善してくれようと頑張ってくれている。

初めての感動だった。

彼女に付き従おう。きっと新しい世界が見えてくる。

そして俺らも彼女を守るんだ。

――そうリベリオ達は誓ったのだ。

「今の組合は敵だらけだ！　しかもラスボスのエイドリックが登場した！　アデリーナの姐御を俺達が守らねぇと！」

「そうだ！」

「姐御！　大丈夫ですか!?」

勢いよく集会場の一室を開ける。

ちょうど皆が揃っているところだった。

「あんた達、入る前にはノックをしなさいよ。ビックリするじゃない」

ポカンとした様子でこっちを見るアデリーナにリベリオ達はホッとする。

「よかった、何もされていなくて」

「私が何かされると思ったの？」

「今までされてきたことを考えたら、誰だってそう思いますって！」

リベリオはギロリ、と商店街の役員達を睨んだ。

彼らにはバックがついてる。いつもは若造に睨まれても逆に小馬鹿にした顔で顎をしゃくっている書記と会計達だが、今回はやけにオドオドしている。

――そのバックである理事長のエイドリックが目の前にいるというのに。

彼の威光《いこう》で、もっと高慢な態度を取るかと思っていたのに意外な様子に、リベリオ達は首を傾げつつ、アデリーナの後ろについた。

そこで、彼らが落ち着きをなくしてる理由を知った。

アデリーナの隣にエイドリックが立っているのだが、後ろ姿を見ただけで怒りを放出しているのが感じ取れた。

いや、魔力と言ってもいいのか。

アデリーナと同じように魔法を発動させる前のような波動を感じ、リベリオ達は息を呑み、事の展開を見守る。

「リミア商店街の、あの様子はいったい何事かと言っているのだ。話せないのか？」

怒りを抑えても、有り余る激情が声音に漏れている。

後ろから表情が見えないが、きっと青筋が立っているどころではないだろう。

「リミア、ルルエ、ベルティの三つの商店街が協力し合わないとアローラの発展などあり得ない。しかも、リゾート地区に影響が出てきてしまう。いや、もう出ているかもしれない。あなた達はそうやって商店街の者を除外して、あまつさえ嫌がらせをして、いったい何がしたいのだ。いや、そもそもなぜ私の秘書の指示を今まで黙っていた？　おかしいと私に直接確認に来ないのも、そもそもおかしい」

エイドリックの話によると、どうやら今までの嫌がらせの指示はすべて秘書の独断らしい。

「す、すみません。『すべて私に一任されている』という言葉をすっかり信じ込んでしまって……疑うということなど考えてもいませんでした。こちらの確認不足です」

副理事がハンカチで汗を拭いつつ言い訳をする。

「リミアは大切なんです。その理由はおわかりだったはずだが？」

「はい……っ！　なので『こんな扱いをするなんておかしい』と皆、思っていましたが、関わりのあるエイドリック様のご指示なら仕方ないと……」

「そこで確認の連絡をしてほしいものだ」

エイドリックは眉間を擦りつつ溜息を吐いた。

そこで口を開いたのがアデリーナだった。

「エイドリックさん、落ち着いてください。役員さん達の行ってきたことは、はっきり言って非道だと思います。けれど、それは秘書にすべてを任せていたエイドリックさんにも非があります。管理責任者になったこの二年間、一度も様子を見に来なかったんですか？」

「……っ、そうです。他に仕事を抱えていてこちらに来れなかった。だから秘書に一任していたのだが……任せすぎたと反省しています」

「なら、今は？　仕事というのは本職の方ですよね？　少しは落ち着かれました？　まだ忙しくて無理なようなら、商店街界隈かその周辺に住んでいる他の者に理事長の座をお譲りなさった方がいいかと思います」

「いえ、今は落ち着いていて、というかようやく落ち着いたというか……」

「アデリーナさん！」

と役員達が慌ててアデリーナの口を閉ざそうとする。

「？　何？　私、失礼なこと、言ったの？」

アデリーナが役員にリベリオ達、それにエイドリック本人に視線を回す。

リベリオ達はわからないので首を横に振るが、エイドリックは苦笑しながらアデリーナを見つめている。

「ア、アデリーナさん！　このお方はリーメル元大統領の息子さんですよ！」

しばし沈黙が起きた。

「……元大統領？」

アデリーナがようやく声に出す。疑問形の。

「そうです！　この自由都市リーメルの前期の大統領の名前は？　ご存じですか!?」

「ああ……！　ごめんなさい！　私、フェルマーレン王国から来てまだ間もないから、リーメルのことって勉強不足なのよ。確か……アンサルディ大統領よね？　ええと、二期連続で当選して、今、三期に継続して大統領に就任するかしないかで話題になっているはず。これで当選したら過去最高の連続当選じゃなかったかしら？」

「残念ながら今期は、落選しまして」

「まぁ、そうだったの。残念でしたね。確か、政治力といいカリスマ性といい大した御仁《ごじん》だと……………えっ？」

意味がようやくアデリーナの頭に入った。

「そういえば、さっき『エイドリック・アンサルディ』と自己紹介されたわ」

——自己紹介されて、今頃気づいたのか。

呆れ顔の役員達に「えへっ」と笑って誤魔化すアデリーナを一瞥してから、エイドリックは仕切り直すために「コホン」と一つ咳払いをして、声も高々に告げる。

「では、こちらも役員の入れ替えをしましょう。それから議案の出し直しも提案します」

# 第八章　リミア商店街再開に向けて頑張ります！

夕日が沈んでいく海を見ながら、アデリーナとエイドリックはリゾート地区のレストランで食事をとっていた。

夕方近くまで役員の入れ替えと、新たな議案の提案をしていたのだ。

まず書記と会計は辞任させた。特に書記、会計は資産の着服までしていて法で裁かなくてはならないという問題まで浮上した。

『彼らはまだ若い、それに子供が小さい。子供から親を引き離すことになってしまう』

と、副理事長と監査が必死に彼らを庇い、着服した分を毎月返済させる条件で罪に問わないことにした。

なにせ、組合長であるエイドリックの監督不行き届きだということもある。

「いい歳した大人なのに、自分の好きに使っていい金かどうか、理事長がいないとわからないの？」

というアデリーナの、もっともなツッコミもあったが。

ただし、返済が滞り次第すぐに法の下に突き出すという誓約書付きだ。

「あれはもっと、厳しい落とし前をつけさせてもよかった気がするけれど」

「『落とし前』……ですか」

エイドリックのその突っ込みにアデリーナはスルーだ。

「だってきっと、払わずに逃げると思うわよ。二家族とも、反省している様子もなかったし、副理事長と監査の方のほうがよほど反省しているように見えたわよ。高飛びする可能性が高いわ」

「逃げたらリーメルやリーメル周辺の国には住めませんねえ……」

ふっ、と笑うエイドリックは『悪人』の顔をしていた。

「それ、理解していればいいわねぇ」

アデリーナも、ふふ、とそれはいい黒い笑顔を見せた。

そして今までの副会長は書記になり、監査はそのまま。

会計は、監査になった元副会長に信用ある商店街の人を紹介してもらい頭を下げて頼みにいった。

それから議案の出し直し。

もちろん、各商店街の予算の組み直しも入っている。

なにせ、荒れに荒れてしまったリミア商店街を作り直すという議題が出た。

しかし、資産の使い込みもあるし、ルルエ、ベルティへの予算もある。

すでに決まっていた予算を新たに振り分けなくてはならない。その予算は最初計上していた額より大幅に下がるのは見えている。

しかも予算の中には、会費として各店舗から一定額振り込まれている分も入っている。

リミア商店街はあの状態だ。払っていない店舗の方が多い。

各商店街の責任者を含む商店街の人間から、反対意見が出るだろう。

頭を悩ませる議案がどんどん出てくるが、そこから早急に解決しなくてはならない事案だけをピックアップする。

そうこうしていたらあっという間に夕方。

昼ご飯を食べ損ねた。

「今までのお詫びをかねて、皆さんにごちそうしますよ」

と、エイドリックが役員全員を食事に招待してくれたのだ。

レストランの内装は高級感に溢れ、豪華な気分にさせてくれる。

乾杯の発泡性ワインはアデリーナの喉の渇きを潤わせ、幸せな気分にしてくれる。

魚介コースのディナーは美味しくて五臓六腑に沁み渡る。

久しぶりのコース料理にアデリーナは舌鼓を打つが、慣れていない者の方が多く、レストランの内装に恐れをなし、役員のほぼ全員が何かしら理由をつけて帰っていった。

「そうですか……後日、食事券とか何か考えて発行してお配りします」

エイドリックは残念そうだったが。

まあ、庶民はそっちの方がありがたいと思うアデリーナだ。

フェルマーレンにいた頃、アデリーナは公爵令嬢で、夕食はいつもコースだった。

だから彼女は慣れているだけで、生まれながらの庶民だったらマナーが頭の中で羅列《られつ》してしまい、食べても味なんてしないだろう。

でも、実家にいた頃はコース料理なんて味気なかった気がする。

なのに、どれもこれも美味しい。美味しく感じる。

「はぁ……どうしてこんなに美味しいのかしら？　タコのマリネもホタテのスープも白身魚の香草焼きも美味しい！　特に、今食べている魚介のチーズリゾットなんて秀逸だわっ」

アデリーナの贅沢に慣れた舌が、こんなに喜んでいるなんて驚きだ。

（こっちに来て家庭料理ばかりを作って食べていたから、慣れていない舌が美味しいと感じているのかと思っていたけれど、違うみたい）

いや、家庭料理の味に慣れたからこそ、再確認で高級な食事が美味しく感じている？

役員達は帰っていったが、その家庭料理に慣れているリベリオ達は残って一緒に相伴に預かっている。

先ほど簡単にマナーを教えたが、きちんとこなしているだろうか？

通路を挟んで隣の四人掛けのテーブルにいる彼らをチラチラ見て確認したところ、ぎこちないながらも頑張っているようだ。

（でも、こういうところ、リベリオ達も苦手そうなのに、よく残る気になったわね）

——リベリオ達の自分に対する忠誠心を知らないアデリーナだった。

「私もいつもより美味しく感じます。美味しいと言うより『食事が楽しい』という方が正しいかもしれませんが」

アデリーナとエイドリックは、窓際の二人掛けの円テーブルに座って食べていた。

「『食事が楽しい』……？」

「ええ。お喋りをしながら笑って食べて、知らずに食が進みます」

「……そうね。そうですよね」

不意に脳裏に浮かんでくるアデリーナの食卓の風景。

大抵、父は食卓にいなくて母と二人きりの食事。

長方形の長いテーブルに二人向きあって座り、黙々と食事をとっていた。

当時、アデリーナは母のことも苦手で——父の腰巾着《こしぎんちゃく》だと思っていたから。

気を許して学校のことや当時の婚約者だったオルラルドの話なんてしたら、すべて父に報告され、あとで叱られると考えていた。

妄想でなく、現に食事中の会話はすべて父に報告がいっていたし。

母も、父のパーティの同伴について行かなくてはならなくていないときも多々あった。

そのときは自分の部屋で食事をとっていた。

記憶の中のアデリーナは、いつもつまらなそうに食事をとっている。

凛子の記憶に引っ張られて、食事は自分で作るわ食べるわで気がつかなかったけれど。

（そうか……リーメルに来てからご飯が美味しいのね。……アデリーナ……）

「きっとこうして、素敵な女性と向かい合ってお喋りしながら食べているからでしょうね」

「あら……私もそう思っていたところです。素敵な紳士と一緒に話ながら食べて、ずっと一人で食べていた時の味気なさなんて吹っ飛んでしまいました」

「お互い、似た者同士なんでしょうかね？」

「ふふ、そうかもしれませんね」

アデリーナは愛想笑いをする。

愛想笑いだと気づかれないように――。

というのも、彼の気持ちが見えたような台詞に、少々冷静になったのだ。

（ふーん……そう、なんだ）

「どうしましたか？　急に黙ってしまって」

「あ、い、いえ……お腹いっぱいになってきたなぁ、なんて思っていたんです」

しんみりしそうになったところでエイドリックに声をかけられ、誤魔化す。

「デザート、少なめにお願いしましょうか？」

「ふふ、甘いものは別腹ってよく言いません？　大丈夫です」

「では普通に頼みましょう」

エイドリックの笑顔につられ、アデリーナも笑って返した。


デザートを食べ、食後のコーヒータイムに入る。

お互いに初対面なせいか、話が尽きなかった。

「じゃあ、今まで忙しかったのはお父様の補佐をしていたからなんですね。何の補佐を？」

「父の補佐、というより政権を担う官僚達の補佐と言った方が的確かと。私は若輩者ですから、修行という形であちこちの官僚の下についてこき使われました」

「もしかしたら今期は落選したからこちらに……？」

言いにくいことをサラッと尋ねたアデリーナに、エイドリックは苦笑しながら答える。

「ええ、そうです。父は事業を手広くやっていましたけど、大統領選に挑む際に兄弟や親戚に任せっぱなしだったので落選した今、そっちに復帰しています。私も任されていたのに取りかかれなかったこっちの仕事に本腰をいれようと思ったんです」

そう言うとエイドリックは海を眺めた。

石英石《せきえいせき》を貼った歩道に均一に魔法灯が立てられており、明かりがついて闇のような黒い海にわずかに光を与えている。

揺れる波もわかり、それを眺めているようだ。

「有名でカリスマ性のある父を持つと大変です。自分も知らず父の後を追わなくてはならないと思い始めるし、周囲もそれを期待する」

「お父様は苦手ですか？」

「うーん……苦手、というわけでは。ただ父は、公私ともどもパワフルすぎて振り回されっぱなしで。父とあまりそりが合わないんですよね」

遠回しに言っているが察した。要約したら『横暴』なんだろう。

「私もです。父はいつも食事の時間にいなかったし。威張ってて、我が家では絶対支配者でした」

「同じですね。……貴族というものはどこもそうなのでしょうか？」

「アンサルディ家も魔力持ちなんですね？」

頷くエイドリック。

「ではリクシル学園の卒業生なんですか？」

「いえ、私はリーメルの普通の学校に通いました。魔法は家庭教師を雇って教わりましたよ」

ゲーム上の設定しか知らないので、アデリーナにとって新鮮な情報だ。

「そうなんですか」

「魔力持ちで貴族は、フェルマーレン王国の学園で学ぶものだと思っていました」

「そう大した魔力ではありませんからね。それにどこで何を学ぶのも自由ですよ。あ、でも私の知り合いは、リクシル学園の専門学部に在学中です」

専門学部と言ったらリクシル学園の高等学部を卒業して、専門的に学びたい者が引き続き入学する、前世では大学のような場所だ。

(そうだわ。ヒロイン・サリアのエンディングにも進学するストーリーがあったわね)

「アデリーナさんは、相当な魔法の使い手だと伺っております」

和《なご》やかな雰囲気だったが、彼の言葉にアデリーナは微笑みながらも警戒の眼差しを向けた。

「……それ、伺ったのではなくて、事前に調べたのではないのですか？」

「そりゃあ、そうですよ。リミア商店街の悪党どもを改心させた方が若い女性だと聞いたら、素性を調べたくなるでしょう？」

「それで実際に会ってみてどうですか？」

「報告書と少々違うな、と思いました。炎の使い手である名門バルフォルア家の一人娘で、ある罪状でフェルマーレンを追放されたと。傲慢でプライドが高くて追随《ついずい》を許さない、そんな女性——と報告書にありましたが、こうして話してみると実に気持ちのいい会話ができるし、傲慢な様子なんて見られない。報告書が嘘でなければ私の前にいるアデリーナという女性は、実は他人か生まれ変わったかのように思えます」

「ええ私、生まれ変わったんです。今までの私を反省したんですの」

ほほ、と笑ってみせる。

「それで……反省の意味を込めて指を切ったとか……」

「ええ、うふふふっ。でも医療班が来て即座にくっついちゃいましたけれど」

豪快なんですね、とエイドリックが笑顔を向けてくるも、引きつりは隠せないままだった。

「では、また明日」

エイドリックの「家まで送る」という申し出を断り、レストランの前で解散した。

一緒についてきてごちそうになっていたリベリオ達とは帰る方向が同じなので、彼らに送ってもらうと話がついたからだ。

「あー、美味しかった。たまに人に作ってもらうご飯もいいわ」

美味しいご飯に胃が満たされて上機嫌のアデリーナの後ろを、リベリオ達はついていく。

——彼らはどう見ても不服そうだ。

「姐御、ちょっといいですか？」

「何よ？」

リベリオ達が自分のことを「姐御」とか「姉貴」なんて呼ぶのをアデリーナは諦めていた。

いくら言っても直そうとしない。なんだか自分だけ怒っているだけで怒り損のような気がしてきたのだ。

スッとアデリーナの脇に出てきたリベリオは、こそりと話し出す。

「エイドリックさんのこと、もう信用しています？」

「う～ん……初対面だしね。まだなんとも」

アデリーナははぐらかした。

正直、胡散臭《うさんくさ》いと思う。

けれど、話し合いの席では至極《しごく》まっとうな意見を出していたし、提案も納得のいくものだった。最終ボス出現か？　なんて身構えていたが、ちょっと安心したアデリーナだ。

けれど――凛子の前世の勘が訴えている。

『心を許したら駄目、やばい奴』と。

柔らかな物腰で女性をエスコートする様子は紳士で、彼の顔の良さもあって大抵の女性はウットリするだろう。

（現に凛子の記憶が蘇らなかったらたぶん、落ちてたわ）

「『食事が楽しい、それはあなたがいるからだ』なんてこと言われてイケメンに微笑まれたら、普通の女性なら間違いなく落ちてるわ。自分も同じ生活していて『それが寂しい』なんて遠回しに言ってきて、同調効果による心理操作だわ」

「同調……？　心理？」

リベリオには聞き慣れない言葉だったのか、首を傾げている。

「何もやましいことなく、本気で口説くつもりで言っているのなら気分もいいけれど、何かの意図があって自分に引き込むつもりなら油断できないな、ってこと」

「さっすが、姐御！　いやぁ、実は俺達見ててやっべーな、って思ってたんですよ。なんだかウットリしている感じだったんで。あれって演技だったんすね？」

「――えっ？　ウットリなんてしてた？」

「してましたって！　『恋する女』って感じでしたよ」

ビックリだ。意識的に自然な笑顔を向けていたけれど、リベリオ達にはそれが『ウットリ顔』に見えたらしい。

「……いや、あなた達……もうちょっと女性を見る目を、養おう？」

「な、なんでですか？　これでも俺は結構見る目あると思うんすけど？」

「勘違いして突っ走りそうだわ……」

アデリーナは、溜息を吐きながらこめかみを揉む。

（エイドリックもこのくらい単純ならいいんだけれど）

いや、違うな。と凛子としての勘が騒ぐ。

けれど忘れてはいけない。

自分は今、アデリーナとして生まれ変わったのだ——よく凛子の記憶に引っ張られるけれど。

というかアデリーナの生きてきた人生は受け継いでいるけれど、性格は凛子だ。

（あの『断罪』でアデリーナの人格は死んでしまって、それで凛子が出てきたと思ったけれど、そうでもないのかも）

だって、エイドリックを見ているとき、リベリオの言う通り胸が弾むくらい楽しかった。

それを考えるとリベリオの言う『ウットリしていた』という表現は正しかったのかもしれない。

（アデリーナの好きなタイプは、ああいう上品で気品があるタイプよね……そしてイケメン）

アデリーナがサリアを殺したいほど嫉妬したのは、オルラルドが原因だと改めて気づかされる。

（親同士が決めた婚約といっても、アデリーナは彼のこと好きだったのね……すぐに恋愛

バロメーターが上がる惚れっぽい男のどこがよかったのかわからないけれど）

凛子の好みはもっと渋めの年上のおじさまだもの、そう、港長みたいな生きていくうちについた自然な筋肉と人生の荒波を越えてきた貫禄を持つ大人の男……。

凛子としてはやはり、港長の方が断然好みだ。思い出すと「きゃー！」と黄色い声を出したくなる。

でも、アデリーナの人格はやはり自分の中で生きている。

しかも、オルラルドの件で傷心していた彼女が別の男性にときめいているのだ。

（アデリーナの気持ちを尊重してあげるべきなのかしら？　……いや！　なるべく冷静にいこう！）

あいつはやばい空気を纏っている、危険だ。凛子の勘を信じた方がいい。

けれどアデリーナとして信じたい気持ちもあって、唸りながら帰宅したのだった。

◇◇◇◇◇

次の日、アデリーナは寝過ごしてしまった。

ベッドに横になったものの、悶々《もんもん》としてしまいなかなか寝つけなかったのだ。

ようやく寝ついたら――目が覚めたら日が高くなっていて跳ね起きて急いで支度し、ダッシュで集会場へ向かう。

約束の時間ギリギリに到着してホッとしたら、もう一つの案件を思い出し、がくりと首を垂らした。

(リベリオ達の朝ご飯作れなかった！　ああ、やっばい！)

会ったら謝らないと、と息を整えつつ集会場のドアを開けた。

もうすでに全員揃っていて、アデリーナはまた頭を垂らす。

「おはようございます。遅くなってごめんなさい！」

「おはようございます。いえ、時間ピッタリですよ。そう焦《あせ》らなくても大丈夫です」

相変わらずいい笑顔で応えてくれるエイドリック。

リベリオ達もいて、にこやかな笑顔をアデリーナに向ける。

「……あら？　でもリベリオ達、毎回ここに来なくてもいいのに」

そう、リベリオ達はリミア商店街の住民だが、役員ではない。参加できる権利はあるが、毎回参加しなくてもいいのだ。

「いえ俺達、散々迷惑かけたし、それに復興に向けて人手は必要だしで、なるべく参加してお手伝いさせてもらおうと思ったんです。それに、副理事であるアデリーナの姐御の補佐役もしないと。姐御はリミア商店街に来てまだ間もないですから」

「うう……そう、ね……」

そうだった。副理事になったことをすっかり忘れていた。

行動力があるということと、新しい担い手が必要だということで引き受けたのだ。

『まだアローラに来て日が浅いので……』と遠慮したアデリーナだったが、他に引き受けてくれる人がいないために承諾したのだ。

けれど、新参者がこんなにしゃしゃり出て問題にならないのだろうか？　とつらつら回想しながら座ったら、目の前にコーヒーとパンが出され驚いた。

なんとカストとカストの母親が配膳《はいぜん》しているのだ。

「お体はもう大丈夫なんですか？」

「お陰様で、いただいた薬がよかったようで。こうしてパンを焼けるまでになりました」

とカストの母。

会ったときは寝たきりだったのに、今は顔色も良く立ち姿もしっかりしている。

「店内掃除して、パンを焼いてみたんだ。試食に持ってきたんだ。食べてみてよ」

カストが配ったのは、ミニクロワッサンとブドウパンだ。

「久しぶりに焼いたので、皆さんから感想を聞きたいと思いまして。参考にしたいので酷評でもお願いいします」

「アデリーナの姐御。しばらくはカストの店で試食パンを食べさせてもらうから、朝は大丈夫です。無理しないでください」

リベリオ達の言葉にまた驚く。

「あんた達、それって迷惑じゃ……」

「大丈夫だって！　パンを焼く手伝いもしてもらうから労働代だよ！」

カストの言葉でアデリーナも納得できた。労働の対価か。ホッとする。

「なら大丈夫ね」

「失敗作中心に食べてもらうんだ」

ちゃっかりしたカストの台詞に皆、笑いが起きた。


それからパンを食べ、感想を述べる。

さすがに厳しい意見が多かったが、カストの母親は真摯に頷きながらメモを取る。

その姿に茶化す者はこの場にいなかった。

リミア商店街は変わろうとしている。

それがまだ少数の人間のみだが。他の商店街の役員達の目からそう見えたのだろう、その後の予算の詰めは意見が飛び交った。

やはり予算の件では、そこにいる全員、リミア商店街に他の商店街と同じ額を掲示することを渋る。

年会費を払っていない、それどころか店にいない住民がいるのだ。等分するのは不満だろう。

ならば、とアデリーナ。

「年会費の徴収からの等分は確かに不満でしょうから、それは受け取りません。けれど、アローラからもらっている予算は等分でリミアにも分けてください。それはリミア分も入った予算のはずです」

「しかし、今のリミアの状況でここまでいるの？」

役員からの意見でアデリーナは、はっきりと返す。

「今まで、アローラからもらっていたリミアの予算はどうしていたんですか？　リミアに行き渡ったという記録は残っていません。これはリミアの分をルルエとベルティで分けた、ということですか？　それとも、使わずに取っておいてくれたんですか？　それに、元書記と会計の方が着服《ちゃくふく》していたというの、もしかしたらリミアの分だったのかしら？」

「それはリミアだけじゃない。他の、ルルエとベルティの予算も使われていた。それにリミアの予算はそっちから流れてくる悪臭で壁を作ったんだ。それに予算をつぎ込んだだけだ！」

「壁を作って閉じるより、まずリミア商店街内の清掃と悪臭の根絶《こんぜつ》が先だったと思いますが」

「そ、それは……」

皆、一斉にエイドリックとリベリオに視線を注ぐ。

注がれる理由がわかるエイドリックとリベリオ。

リベリオは「すんません！　俺達の責任です！」と頭を垂らし、エイドリックも黙って席を立ち頭を下げた。

「私の監督不届きです。きっと私の秘書がそう指示をしたのだと察します。今年度のリミアの足りない予算は私が出しましょう」

集会場がどよめく。

「エイドリック様、これ以上、個人資産を出してまでやることなどない！　毎年たくさんの寄付金もらっているというのに！」

「そうです！」

反対意見が次々と出る中、アデリーナが声を上げた。

「では、私が出すというのは？」

えっ？　と今度はポカンと口を開けて皆が静かになる。

「……あんたが出すの？」

「はい」

「お嬢さん、お金持ちなの？」

「んー。エイドリックさんほどではないでしょうけれど」

集会場がざわつきだした。

アデリーナは手を上げて静かにさせると言葉を続けた。

「実はちょっと商店街でやってみたい試みがありまして。それを予算でやろうかどうか迷っていたんですよね。予算のことで反対意見もあるし、もうこうなったら私の個人資産でそれを試してみようかと」

「商店街はオモチャじゃないんだぞ？　金持ちの令嬢の娯楽じゃない！」

「そうだ！　お嬢さんの遊びで商店街をかき回すな！」

「第一あんた！　店を持ってないだろう！　それなのに副理事ってどういうことだ！」

声を上げた三人に見覚えがあった。

リミア商店街の噴水通りに面した場所に店を構えている者達だ。

――そう、集めたゴミを散らかして嫌がらせをしようとしたあの三人だ。

その三人の言葉にさらに会場がざわつく。

「こんな人が副理事だなんて……」

「どうして店を持っていない人が？　ここにいるの？」

「まず店を持ってからにしろ！」

集まった役員達が騒ぐ中、スッ……と静かにアデリーナが立ち上がった。

罵倒《ばとう》する者達を一人一人見つめていく。

すると徐々に口を閉ざしていき最後には、シン……と静まりかえった。

それはそうだろう。アデリーナの表情は氷のように冷たい。

しかもそれだけでなく見つめる眼差しといったら——体に氷の刃でも刺されたような痛みまで覚えるほどだ。

冷たい空気の中、やっとアデリーナが口を開いた。

「散々、リミア商店街をメチャクチャに荒れるほどかき回した奴らが『かき回すな』？どの口が言うんだい？『それとこれとは別だ』？何が、別なんだい？どいつもこいつも自分を棚に上げておいてその言い草かい。しかも、エイドリックさんにはいい顔して、私にはその返答かい。よほどエイドリックさんのバックが怖いんだねぇ」

カツ、カツ、とアデリーナの靴の踵がなる。

ゆっくりと集会場を歩き出し、一人一人の肩を叩いていく。

もちろん、声高に文句を言ってきた者達限定だ。

「お、俺達はリミア商店街に嫌がらせは……」

「してないと？でも、知っていて放っておいたんだろう？」

「し、仕方なかったんだ！」

「そうだねぇ、怖いもんねぇ？注意したら自分がやられてしまうかもしれない。それを考えたらできないよねぇ……？」

　アデリーナは、最後の一人の肩を掴む。

「私は、そんなあんた達の代理でリミア商店街の世話をしているんだ。意気地《いくじ》なしのあんた達の代わりに。しかも個人財産を出しますって言っているんだ。もちろん、自分の金だから責任は私だ。いい提案だと思わないかい？　自分の懐は痛まないし、責任もない。ただ、賛成して見守ってくれればいいんだよ？　今までのように」

　感情を殺したアデリーナの言葉は、かえって怒りを表していて恐怖を煽る。

　他の商店街の者達は、今までリミア商店街があそこまで荒れても黙っていた。そう、秘書の後ろにいるエイドリック、そしてアンサルディ家が怖かったから。

　けれど、もっと考えるべきだったのだ。

　――本当にエイドリックの指示だったのか？　と。

　よく考えたら、そんな指示を出すのはおかしいと思うべきだった。

　それもあってエイドリックに罪を追及しなかった。

　その分の怒りの矛先がアデリーナに向かったと言っても過言ではない。

　鬱積した思いをアデリーナに向けたら、反撃された。

　皆、アデリーナが『金持ちのお嬢さんの道楽』と思い込んだ結果だ。

　けれど思い違いをしていた。

彼女は、普通の金持ちの令嬢ではない。

この迫力

滲《にじ》み出てくる魔力

――でかい！　何もかもでかい！

アデリーナは最後の一人の肩から手を離すと、また自分の席に戻る。

「もちろん、店を持っていない私が副理事をなんておこがましい、そう思っています。なので近々店を持とうかと思っていたところです。順序が逆になったことはお詫びしますわ」

と、頭を下げ、ゆっくりと顔を上げた。

「さて、どうします？　すっごくいい譲歩案だと思うんですけれど」

そうしてにっこりと笑うアデリーナだが、きつい顔と「有無《うむ》は言わさないよ」という気迫があり、それ以上誰も反論しなかった。

# 第九章　再建と恋は両立できません

（……また凛子時代の癖が出てしまった）

頭をテーブルに突っ伏して落ち込んでいるアデリーナの傍らで、リベリオ達は呑気《のんき》なものだ。

「さっすが姐御だぜ！　口だけの奴らを黙らせた！」

「かっこよかったっす！」

「うちらの姐御は最高だぜ！」

なんて褒めているけれどアデリーナは知っている。

――あれはただ怖かっただけだ。怖くて黙ったんだ、と。

凛子の口調にアデリーナの高い魔力が放出されれば、大抵は皆黙るだろう。

「……力でねじ伏せたようなものだから、褒められたものじゃないの。もっと平和的に穏やかに了承が欲しかったのに……私の馬鹿」

むくりと体を起こし、今度は顎に手をつけた。

会議が終わり、集会場からリミア商店街のリベリオの店に移動して、アデリーナは絶賛反省中であった。

「なんだか頭に血が上りやすくない？　私？」

凛子のとき、こんなに怒りっぽかっただろうか？　とそこでハッと気づいた。

（……あ、違うわ……アデリーナの気性《きしょう》だわ）

アデリーナの性格は『気性が激しい』とキャラクター説明にあった。

自分の意見に逆らったり反論したりすると、機嫌が悪くなって、最悪、癇癪《かんしゃく》を起こすとかあった。

はぁ、と溜息をつくアデリーナに、リベリオ達は不思議そうな表情を浮かべている。

「いや、あの怒りは正当なものだと思います」

「そうっす！　あそこでおたついていたら罵倒されておしまいですよ？　下手したらアロ−ラからの予算だって取り上げられていたかもです！」

「だからこそ、もっと穏便《おんびん》にね……。それに副理事に就いたからには、やっぱりリミアにお店を構えなくちゃならないってわかったし」

なんて話していたら、階段を上がる足音に気づいた。

「誰か来たようよ」

「すみません、ここにアデリーナさんがいらっしゃると伺ったんですが……」

ひょっこりと顔を出してきたのはエイドリックだった。

「エイドリックさん？　どうされました？」

「いえね、アデリーナさんの『やってみたいこと』って何なのかって聞きたくて」

そう言いながらエイドリックは、にこやかにアデリーナに近づいてくる。

「ああ……そうですね。エイドリックさんに聞いた方がツテがあるかもしれないですね」

アデリーナは立ち上がると、「ついてきてください」とエイドリックを案内した。


店から出てすぐ、アデリーナは天井を指した。

「この天井を修理したいんです」

「そうですね……割れているし、これは修理すべきだと思います」

「それでなんですが、この屋根を開閉式にしたいんです」

「開閉式に？　それはまた手の込んだ……」

「雨が降っているときは閉めた方がいいでしょうけれど、晴れた日は解放した方が気持ちよくありません？　日差しが入って明るくなるし。――それから」

とアデリーナはくるり、と体を回転させながら路を指さす。

「花壇とか設置したいんです。五つに分かれた路のうち二つは住宅街でしょう？　そこには道に花壇があるので、同じようにしたいんです」

「……そうですね。路の幅は皆同じように揃えているし、広さも十分にある。日が入るようにすれば花壇に植えた花も萎れることもないでしょう」

「ええ！　エイドリックさんなら施工業社《せこうぎょうしゃ》に顔見知りの方がいらっしゃるかと思って」

エイドリックはしばらく天井を見ながら考えに耽っていたが、おもむろに言う。

「何社か知っていますが、屋根と路の整備をやったら、どこに頼んでも結構な金額になると思いますよ」

「私の手持ちでは難しいかしら？」

「アローラからの予算は使わないつもりで？」

はい、とアデリーナ。

「あれは他に利用したいんです。リミア商店街の皆のお金ですから」

「……アーケードや歩道のリニューアルもこの商店街の皆のためでしょう？　なぜ自分の持ち金でしようと思うんですか？　それにあなたはつい最近までフェルマーレンにいて、ここに固執《こしつ》する理由がない。どうしてそこまでやろうとするんですか？」

エイドリックの問いには呆れが混じっている。

集会場での会議でエイドリックは反対をしなかったが、アデリーナの考えに疑問を持っていたからこそ、終わってからこうして会いに来たのだろう。

「そうですよね、普通なら疑問を持ちますよね。『何か裏がある？』とか思っちゃいますよね。だから、会議で反対した役員さん達の反応も言い方は悪かったですが、わかるんです。だから恨みもしません」

アデリーナは割れた屋根から見える空を仰ぎながら言葉を続ける。

「エイドリックさんは報告書でフェルマーレンでの私の行動に素性《すじょう》まで、全部知っているのでしょう？」

「……ええ」

「報告書にある通り、私はフェルマーレン国からもバルフォルア家からも追放されています。母がそっと私に資金を渡してくれなかったら本当に身一つで追い出されて、もしかしたら今頃、死んでいたかもしれない」

――思いだしたゲーム上では、追放後に野垂れ死にだった、確か。

（ゲーム通りでなくてよかったわ）

アデリーナは前世の記憶が戻ってビックリしたけれど、戻ってよかったと内心呟く。

ゲーム上の悪役令嬢のままのアデリーナだったら、生活能力が皆無だったから。

電車の乗り方など聞くこともしない、そこまでの賃金を稼ぐ方法も知らない、威張りくさったまま放浪し、おそらくリーメルまで辿り着くこともできなかっただろう。

「私、『新しい故郷』が欲しいんです。いつまでもお客様扱いでなく、住民として自分を見てくれる住み処が。そこで私、生まれ変わりたい。だからそのために頑張りたい」

「アデリーナさん……」

「それに、リミア商店街にはまだ、店を売っていない住民だっているんでしょう？　……売りたくても売れないっていう話だけれど。まぁ、それを置いといても、『また店をやってみよう』と思って帰ってきた人達が、張り切れるように。それに、『頑張れるかも』と思えるような素敵な場所にしたら、ここに残っている人達だって新しい気持ちで店を始めてみようと考えるかもしれないでしょう？　屋根や歩道のリニューアルは呼び水です。その資金を私は出すんです。自分のためにも！」

エイドリックは目を大きく開き、アデリーナの話を聞いていた。

そうして、一つ息を吐き出し、明るい声で言った。

「そこまでお考えだったんですね。——わかりました。ここをリニューアルしましょう！　私の財産も提供します」

「ええ？　いいですって。エイドリックさんは理事長なんですから、特別扱いは駄目ですよ」

アデリーナは手と首を振りながら慌てて断る。

「いえ、一緒にやらせてください。このリミア商店街を再興させるのは、私の仕事でもあるんです」

「そりゃぁ、会長ですからね……でも、エイドリックさんはルルエとベルティの面倒も見ないといけなんですよ？　リミア《こちら》ばかり構っていたら、他から不満が出てきます」

「そういう意味ではありません。他の理由です」

　エイドリックの表情が引き締まる。彼は荒廃状態の商店街を見渡しながら口を開いた。

「実はリミア商店街は、父の故郷なんです」

「……えっ？」

　ここがリーメル元大統領の故郷？

　驚いて言葉の出ないアデリーナにエイドリックは語った。

「私の父は生まれて十二歳までここに住んでいたそうです。祖父の商売が上手くいって、もっと大きな店舗を建てるために他の州に引っ越したんですよ。父にとってここで暮らした日々が一番楽しくて記憶に残っているようです」

「わかる気がします。私もそのくらいの歳の楽しかったことが一番記憶に残っています」

「だからこそ、父は私に『ここに籍を置いて支援を頼む』と言ってきたんです」

「そういうこと……」

　大統領の息子がそう大きくない商店街の理事長に――そういう理由があったからか。

「でも実際は、エイドリックさんはお父様の補佐で忙しくて、商店街の面倒を見る余裕がなかった。それで自分の秘書に頼んだ、ということ？」

「そうです。……しかしながら、秘書の人選を間違えました。彼は父のことを日頃からよく思っていなかった。嘘の報告をしてこうして父の故郷を荒れさせて、あまつさえなくそうとしていました。けれど、今回私が補佐から外れたことで秘書の悪事が暴露したわけです。——アデリーナさん」

「!?」

エイドリックが両の手でアデリーナの手を握り締めてきた。

いきなりの行動にアデリーナは驚き、硬直してしまう。アデリーナ自身も凛子のときも、こうして男性に手を握られた記憶なんてない。

高鳴る胸の鼓動をなんとか落ち着かせようと頑張りながら、アデリーナは彼の突然の行動に問いかけた。

「エ、エイドリックさん？　ど、どうされました……っの？」

「私もお手伝いさせてほしいというのは、父が育ったこの商店街を昔のように、いえ、昔以上に栄えさせなくてはならないからです。これは父の願いでもあるでしょう」

「ええ、そ、そうですね」

「でも！　もっと協力したいと思ったのは、アデリーナさん、あなたがいるからだ。あなたのその志《こころざし》に胸を打たれたんです！」

「あ、あ、あああああ、ありがとうございます」

「アデリーナさん、これから店を持つのでしょう？　私もお手伝いさせてください！　私はあなたの一番の理解者になりたい！」

「あ？　ま、まあ、そうですけれど……ちょっと待ってください。どうしてそのことを？」

店の件を挙げられて、アデリーナは少し冷静さを取り戻した。

「だって、アデリーナさんは副理事長でしょう？　役員の条件は『商店街に店を開店する』が条件です。これから店を開くつもりなのは報告書を読んで思いました。先ほどあなた自身が話されたように、辛い過去があり、住む場所を追われれば『自分の居場所』が欲しいと望むなら、そこに家を建てるか店を構えるかという行動を取ると思ったからです。だからこそ、副理事長を引き受けたのではないでしょうか？」

「……うっ」

アデリーナは言葉を詰まらせた。

キラキラと瞳を輝かせて、自分を見つめるエイドリックは「絶対に自分に気がある」素振りを見せている。

顔の良さも手伝って、それが素敵すぎて目を逸らすことができない。

（この人……っ、ヤバい、ヤバいわ……）

この洞察力《どうさつりょく》――侮《あなど》れない。

しかし、凛子としての自分が警鐘《けいしょう》を鳴らしている。

――なのに、アデリーナとしては恋の鐘が鳴っている。

リンゴンリンゴンと頭と胸から鳴っている。

二つの感情が重なり合って、

「ちょっと……すみません。頭痛が……突然に」

とエイドリックの手を振りほどき、アデリーナはその場にしゃがみ込んでしまった。

「あ〜あ、アデリーナの姐御。落ちましたね？　エイドリックさんに」

「落ちてない」

「いや、落ちましたよ。絶対に。だって顔がとろんとしてましたもん」

「とろんとしてないってば」

ギロリ、と睨みつけてもリベリオは「怖くないよ」と言わんばかりに、ヘラヘラと笑ってからかってくる。

このくらいのからかいに、すぐカッとなるなんてずいぶんと短気になった。

やはりこの体は凛子ではなくアデリーナなのだ。

（落ち着け、落ち着くのよ。アデリーナ）

ムカついているが、怒りを抑えようとアデリーナは深呼吸をする。

そんなアデリーナを見て、リベリオは生真面目な表情に変える。

「俺、やっぱりエイドリックさんの全部を信頼したらまずいと思います」

「うん、そう思ってる」

「じゃあ、なんでああも『素敵！』『かっこいい！』『惚れちゃった！』って顔を見せたんです？」

「知らないって。そんな顔してたのかも自分でわかるわけ、ないじゃない」

「やっぱり『顔』ですか？　エイドリックさんの顔がアデリーナの姫御の好みなんですね!?」

　焦りを隠さず顔色が悪くなっていくリベリオを、不思議に思いながら口を開く。

「アデリーナの好みはたぶん、そうなんでしょうねぇ……」

「……やっぱり」

　かくん、と項垂《うなだ》れたリベリオだったが、すぐに顔を上げる。

「…………今、変な言い方しませんでした？　『アデリーナの好みはたぶん』とか。姫御はアデリーナで、他にアデリーナって名前いましたか？」

「何言ってんの。私しかいないわ、アデリーナって。……さっきのは言葉のあや。エイドリックさんに関しては自制するつもりだから」

　『乙女ゲームの悪役令嬢アデリーナ』に転生するとは思わなかったけれど、凛子の人生も蘇り、世界観も日本寄りで対応しやすかったからうっかりしてた。

　ゲーム設定上のアデリーナの性格だって、この身に染みこんでいるはず。

彼女の好みとか性格が所々出てきてわかった。

凛子であってアデリーナでもあるんだ。

(……すぐに馴染んだつもりだったけれど、簡単にはいかないのね)

「私の好みの話は置いておいて――リベリオ、リミア商店街で売りに出ている店舗を教えてくれる？　屋根の修繕とか舗道の件は、施工業者が決まってから動くから、その間に店のことも考えておこうかと思って」

「姐御が出す店ですよね？　なら、俺のこの店舗を使ってくださいよ！」

さあさあ！　と言わんばかりに腕を広げて勧めてくるが、アデリーナは首を横に振った。

「いい。この店は今はリベリオが管理しているけど、あなたのご両親が帰ってきたらややこしくなるわ」

「もう、いなくなって四年は経ってますよ？　それに俺を置いていった上に有り金全部持っていった親が、のこのこ帰ってくるとは思えません」

「うわぁ……。あんたも苦労したのね」

さらりと過去の出来事を言ってきたリベリオに、アデリーナは同情してしまう。

「まあ、それで腐ってブラブラして、エイドリックさんの秘書の言いなりになりましたけど、姐御に出会って自分を見つめ直すこともできましたし、こうして新しい目標を立てることができましたから。これからも姐御についていきますよ！」

「リベリオ……ありがとう」

ジン、としてしまう。アデリーナであった人生では、心の底から自分を慕《した》って側にいてくれた人なんていなかった。

だから余計に心に響く。

「惚れました？」

とリベリオの余計な一言で興醒《きょうざ》めしたが。

「やっぱりここの店はいいわ。贅沢だけどできれば路が交差するところか、端がいいの」

「だったら……」

リベリオはファイルを出してきて、アデリーナの前で数ページめくってみせる。

それはリミア商店街の見取り図だった。

「カストんちの前か隣か……はす向かいか」

とリベリオが指さす。

「ん～。他には？」

「一番奥かと」

「う～ん……」

商店街の見取り図と睨めっこだ。今の段階でアデリーナの琴線《きんせん》に触れる店舗がない。まあ
あなのは、カストの店の向かい側かはす向かいだ。

ただ、出したいと思っている店は飲食関係ではないので、匂いが気になる。

（まあ、お隣よりかはいいかしらね）

「はす向かいの店舗を買おうかしら……。賃貸じゃないのよね？」

「そうですね。交渉すれば賃貸でも貸したい！　という人は多いと思います。商店街がこの状況だし。どうします？　この店舗なら連絡つきますよ？」

「じゃあ、お願いしようかしら？　賃貸にするか買い取るかは交渉次第でお願いするわ」

アデリーナはそうリベリオに頼んだ。

◇◇◇◇◇

「屋根は支柱ごと全部取り壊して開閉式に、となるとフェルマーレンの最新式がいいですよ。魔工学と建築をうまく取り入れていて風景に溶け込むようなデザインです。――ただ、最新なだけに値が張ります」

エイドリックと施工業者との打ち合わせに参加したアデリーナは、完成予想図と値段を見て唸り声を上げた。

「……お高いのね」

「これは閉めた状態でも景観を損なわないタイプですからね。こちらなら空は見えなくなりますけど多少、お安くなります」

もう一つのデザインは確かに閉めてしまうと、曇りガラスが張った状態になってしまう。とにかく透明度がすごいのだ、最新式のは。

「最初のデザインの方が断然お勧めなんですよ。この使っているガラスが四元素の魔法がすべて仕込まれたものなんです。しかも紫外線防止だし暑い時期に閉めっぱなしにしても商店街の中の気温を快適に調整してくれますし、耐久性があるので台風や竜巻がきても今までのよりずっと割れにくいです」

「確かに最初にお勧めしてくれたタイプの方がいい。——それでこれを三つの商店街に付け替えるとしたらどのくらいになりますか？」

「えっ？」

エイドリックの問いにアデリーナは驚く。

エイドリックは驚いている彼女をよそに話を進めていた。

施工業者が計算をして予算額を掲示するとエイドリックは、

「三つの商店街の屋根をお願いするんですから……このくらいでも損はないかと」

と電卓を指で叩いて訂正額を見せる。

「いやぁ……！　これはないですよ。せめてこのくらいです」

業者も負けない。電卓の額を打ち直して見せる。

「大丈夫でしょう？　これだけ下げてもお宅の損はないはずです」

「いや……いやいや……っ！　それじゃあ、うち赤字ですって」

「これだけ大きい仕事はなかなか注文がこないでしょう？　この中で発注が大変そうなのはこの魔法仕込みのガラスかな？　と思うんですが、私のツテで割引させて……このくらいまで落とせるかと」

「うーん……じゃあ、このくらいはいかがでしょう？」

「なら、舗道の整備もお願いしますよ」

なんてカチカチ電卓を叩きながら競り合いをしている。

アデリーナはポカンと見守るしかない。

(頼りになるけれど……私、蚊帳《かや》の外)

しばらくして、業者の方が降参したらしい。

悲鳴に近い声で言った。

「いやぁ……アンサルディさんには参りますよ。痛いところついてきて。……いいでしょう、この見積もりでいきましょう。普通はここまで値下げしませんからね。お得意さんだからですよ！」

「ありがとうございます。これからも贔屓《ひいき》にしますから」

最終的に決まった予算額を見せてもらったアデリーナは、あんぐりと口を開けて見入ってしまった。

「これ……向こう、赤字じゃ……」

「大丈夫ですよ、会社の売上額が下がる程度です。あそこには何度かお願いしていて、最初に、かなりふっかけてくるのはわかっていましたから。このくらいに下げてもこれからのつきあいを考えたら、けっして赤字じゃないと向こうもわかっているはずです」

凛子の実家は建設関係だ。これが日本の感覚なら赤字だとわかる。

（魔工学とかが混じっているから……感覚が違うのかしら？　それとも単価が安いの？）

こういったものはアデリーナの記憶はまったく当てにならない。

（でもエイドリックさんのアンサルディ家が贔屓にしているというから、大丈夫よね？）

それにこれから自分の店を始める開店資金もあるので、少しでも安い方が助かる。

アデリーナは自分に向けるエイドリックの笑顔を信じることにした。

――アデリーナは、だ。

「そうだ。エイドリックさんも、ご自分の店舗をお持ちなんですよね？　これからは何かお店を始めるつもりなんですか？」

「いいえ、私の店舗は貸してるんですよ。噴水広場に面しているので、商売はそこそこ順調らしいですよ」

「ええ……？　もしかしたら……」

（ゴミを散らかして嫌がらせしようとした一人？）

顔をしかめたアデリーナに、エイドリックは訝《いぶか》しげに眉を寄せる。

「何かあったんですか？」

「い、いえ……！　さすがエイドリックさんだなって。目を引く噴水広場に面している店舗をいち早く購入していたなんて」

「そうだ、アデリーナさんも店を始めるそうですけれど、何をやるんです？」

エイドリックに尋ねられてアデリーナは楽しそうに「ふふ」と笑いながら言った。

「『可愛い小物』を売るつもりです」

「『可愛い小物』？　というと……」

しばらく腕を組んで考え込んでいたが、困ったように首を竦めた。

「すみません。『可愛い小物』って思いつきません」

「男性には縁のないものですから想像しづらいと思います。例えば……私が持っているポシェット。これをもっと貴族だけじゃない一般の女性達にも受け入れやすいデザインと値段で販売します。フリルを付けたり……、女性や子供に人気の動物を模したデザインも可愛いかも。あと、ペンとかノートとかの文房具もいいですね。気軽に遊べて可愛く組み立てられる……ビーズとか組紐とかの道具一式もあったら小さい女の子に好評になるかも」

「ほぉ……」

「『意外と考えてる』って顔してますよ」

「――えっ？　そ、そんなことありませんよ。いい視点してるな、って感心していたんですって。飲食店でも開くのかな？　と思っていたんで」

慌てるエイドリックが結構新鮮だ。

「飲食もやってみたいと思いますけれど、私の体は一つだけだし、一気にできません」

と肩を竦ませてみせるが、アデリーナは一人突っ込む。

（凛子としての前世は蘇ってるから、中は二人と言っても過言じゃないけれどね。体は一つだけだし）

思い出したついでに、体も二つに分かれてほしかったと思うアデリーナだ。

「せっかく一般市民に近い商店街に店を出すんですもの。貴族や金持ち御用達《ごようたし》じゃなくて誰でも気軽に入れる店を開きたいんです」

「なるほど」

「『意外と考えてる』でしょ？」

「ええ。――あ、違う。違いますって、そんなこと思っていませんって！」

また慌てて言い訳するエイドリックがおかしくてアデリーナは笑う。

エイドリックも、そんな自分がおかしくなったのか笑い出した。

ひとしきり笑い合ってエイドリックは、今度は急に生真面目な顔をしてアデリーナを見つめた。その表情にアデリーナはドキリとする。

(な、何……?)

「アデリーナさん、お願いがあるんです」

「な、何でしょう?」

真剣な眼差しに、アデリーナは自分自身『何か』を期待しているのがわかる
「その、よければ私もお手伝いさせてほしい……。あなたの手助けをしたいんです」

「あ……そ、それは……」

「私はその、店だけでなくてその……なんというか……あなたの人生に関わりたいんです」

「――!?」

(キター!)

鐘の音、第二弾!

リンゴンリンゴンと天使が頭上で鐘を鳴らす。幻聴だろうけどアデリーナの心情はこうだと間違いない。

「どうでしょうか? 私ではあなたにふさわしくはありませんか?」

「い、いえ……! そんなことは! ただ、急だったので驚いてしまって……!」

「では……！」

エイドリックが瞳をキラキラさせた上に手を握ってきて、アデリーナは思わず数歩後退してしまう。

凜子のときもアデリーナのときも恋愛経験が皆無状態なので、どうしていいのかわからないし――これが彼の本心なのかも見当がつかない。

ただ凜子は、彼は怪しいと思う分、もう少し様子を見たい気持ちがあるために後退したと言える。

「お、お返事！　お返事は少し待ってください！　その、私達会ってまだ間もないですし、お互いのこともっとよく知ってからの方がいいと思うんです！　そ、それにそのリミア商店街の再建が優先ですし！」

言った、よく言った！　とアデリーナは自画自賛する。

ただ、エイドリックが残念そうな表情をしたのに心が痛んだ。

「そうですか……。そうですよね、ちょっと気が早かったようですね。あなたの意外な一面をこの目で見るたびに惹きつけられてしまって。実は貴族だというから身構えていたんです」

「そうなんですか」

「でも、思ったより話しやすいし。それどころか驕ったところが全然ない。報告書と全然違うから余計に気になってしまって。こうして話せば話すほど——惹かれていってしまう」

また手を握られて、手の甲にそっと唇を落とされた。

オルラルド並のそのスマートさに打ち抜かれた気分だ。

「ではもう少し、お互い知ってから改めてお返事を聞いてよろしいですか？」

アデリーナは自分の顔の火照《ほて》りを気にしながらも頷いた。


（あ〜もう！　まだ顔、火照ってる！）

自宅に戻ったアデリーナは、熱くなった顔を冷やすために何度か顔を洗う。

凛子の人生もアデリーナの今までの人生も、こんな甘いシーンなど経験したことがない。

がしがしと顔を拭い、お肌に悪いことをしてしまってますますへこむ。

「ああ、もう……っ！　もっと落ち着こうよ自分！」

とりあえず何か飲もう、と冷蔵庫を開け炭酸水をグラスに注ぐ。

「……あっ、そうだ。見積書」

エイドリックからの告白で動揺してどこへ置いたんだっけ、と視線を彷徨わせる。

玄関の棚に置いたままだったと持ってくると封を開け、もう一度チェックする。

この見積もりで決まったときはざっと見ただけだったから、確認の意味で見直す。

やはり、安すぎじゃないか？　と思ってのことだ。

「えーと、ガラスがフェルマーレンの魔法工房で制作する特別なもので……四元素の性質を取り入れたガラス。天候の変化によって自己防衛機能の魔法が働く。やっぱりこれが一番高価なのよね……設置も大変そうだし」

しばらく見積書と睨めっこしていたアデリーナだったが、不意に思い立ったようにテーブルについた。

「四元素だから、火を得意とするバルフォルア家も制作に関わっているかも……」

父は無理だけれど、母か、もしくは家宰から話を聞けないかと手紙を書くことにした。

原価も知りたいし、できれば、かかった材料や費用など知りたい。

金儲けになると見込んでいれば父が投資しているはずだ。

「お母様に近況報告も書いておきましょうっと」

見積書を見直したおかげで、落ち着きを取り戻したアデリーナだった。

# 第十章　手の込んだ嫌がらせ

それから邪魔する者もおらず、リミア商店街の再建はゆっくりだが進んでいった。

結局、エイドリックの交渉通り、ルルエとベルティの屋根も一斉にリニューアルすることが決まる。

あの値段で最新の物が取り付けられるのだ。満場一致だった。

それと同時に、リミアを孤立させた壁も取り外そうとなった。というのも建設上、邪魔らしい
それはアデリーナ達にとって願ってもないことだったので、二つ返事で了承した。

そんな中、アデリーナの店も決まり、内装と外観の工事を始めていた。

アデリーナ自身でデザインした小物をデザイン会社に数点発注する。

「……するんだけど……ねぇ」

「どうしたんですか？」

「どうしましたか？」

リベリオとエイドリックが同時に尋ねてきて、声がハモった。

一瞬二人は驚いたが目を合わせた途端、火花が弾けているようにアデリーナには見える。

まだ自分の店は内装工事が終了していない。

なのでリベリオの店の二階を借りているのだが、どうしてかエイドリックも来ているという。

「アデリーナさん、こんな薄汚い場所でなくて私の借りているホテルのロビーに場所を移したらいかがです？　なんなら部屋を借りますよ、長期間滞在できる施設もありますし」

「薄汚くて悪かったな！　これでも毎日掃除して少しずつ改装してんだよ！」

「バーでも始める気ですか？　今は時勢が違いますからバーでも構わないと思いますけれど、くれぐれもアデリーナさんの店の邪魔なんてしないでほしいですね」

「あんたこそアデリーナの姐御の後ろばっかついて回っていないで、さっさと自分の仕事しろよ。店を貸してんだろう？　取り立ててくればいいじゃないか」

「あー……ごめんなさい。二人とも喧嘩するならもっと離れた場所でお願い」

アデリーナが止めに入って、ようやく二人の口が閉じた。

「なるべく自分がデザインした小物を売っていきたいけれど、さすがに店いっぱいにするまでは無理だから、発注かけようと思ってカタログを見ているのよ。……だけどねぇ、私の胸にズキン！　とくる商品がなかなかなくて……」

ほら、と二人に商品カタログを見せる。

二人は首を伸ばすようにカタログに目を通していくが、よくわからないらしくて首をしきりに傾げている。

「可愛い、と言えば可愛いですよ？」

「アデリーナさんの『可愛い』ってどんな感じなんです？」

「ええと、ぬいぐるみとか、ファンシーぽくてフリルや花が可愛くてフワフワキラキラしてて、夢があるの」

――ファンシー
――フリルや花が可愛い
――フワフワキラキラ
――夢がある
「もっと具体的にお願いします」

「あまりにも表現がふんわりすぎで……」

二人に難癖をつけられた。

「ひどーい、二人とも！　女の子はこれで十分に通じるの！　もっと女心を知るべき！」

アデリーナが声を大にして反論していると、階段を上がってくる足音が聞こえた。

「すみません、アデリーナさんはいらっしゃいますか？」

「おねーちゃん」

ひょっこりと顔を出したのは、カストとスリ集団をしていた紅一点の女の子エリンと、その母親だ。

「いらっしゃい！　もしかしてもう仕上がったんですか？」

「はい。久しぶりでしたからうまくできたかどうか見てほしくて」

アデリーナはカタログを閉じ、奥へと二人を案内する。

母親は、大きな紙袋から大事そうに品物をテーブルに並べていく。

ヘアアクセサリーの類《たぐい》だ。カチューシャにバレッタやピン、クリップに装飾を付けたもの。

「デザインに沿って作った物と、あとアデリーナさんのデザインを見て触発されて作った物です。気に入っていただけるといいんですけれど」

「この『ボンボンリボン』、色違いで数種類あると華やかでいいわ！　帽子型のクリップやバレッタも数種類作ってくれたんですね。可愛い！」

ヒラヒラ揺れるチュールがついたリボンバレッタに、帽子型のカチューシャなどが並んでいき、テーブルの上が華やかになっていく。それにつれ、アデリーナのテンションが高くなる。

「段々リボンのカチューシャも可愛い！　蝶々がついてるヘアピン！　これ数点髪につけ

たら華やかになりそう！　わっ、これ花の付け方がすごくお洒落！」

「気に入ってもらえて嬉しいわ。洋裁店をやっていたんだけど、商店街がこんな状態で仕事が来なくなってしまったから閉めてしまって他の店で働いていたのよ。けれど、毎日同じことばかりで、つまらなくなっていたのよ。——そんなときにアデリーナさんからデザインを見せてもらって、やらせてもらってよかったわ。見たことのないデザインに『ああでもないこうでもない』って考えながら作ってすごく楽しかった」

「いえ、こちらこそ。娘さんから話を聞いただけなのにご無理を言って申し訳ないなあ、って思っていたのに。さすがプロですね、どれも高品質です！」

「この中で特に気に入った物を言ってくだされば、知り合いにも声をかけてたくさん作りますよ」

「本当ですか⁉　ありがとうございます！」

ヒラヒラ、キラキラの小物がテーブルに並べられ、キャイキャイ女子トークをしている中に入れないリベリオとエイドリックは、大人しく座ってその様子を眺めていた。

「……可愛いっていろんな種類があるんですね」

「難しいですね……」

と二人、珍しく意見が合っていた。

開店までやることはたくさんある。

しかもアデリーナは、副理事としてリミア商店街の再開発にも携わっている。

毎日、目の回るような忙しさだ。

リベリオやエイドリックが協力してくれなかったら、アデリーナはもっと大変な思いをしていただろう。

二人には感謝だ。

ここ最近はリベリオもエイドリックに対して警戒を解いてきたらしく、二人で談笑している光景が見られるようになった。

まだ喧嘩腰の方が多いが……。

（うん、忙しいけれど順調順調！　開店準備が整ったら二人にごちそうしてねぎらおう！）

最近は帰るのも遅いので、凝った料理も作っていない。さっと作れる物か出来合だ。

「たまには家庭料理が食べたいなぁ」

なんてぼやいていたアデリーナに声をかけてきた者がいた。

「ちょっと、あんた」

「……はい？」

ちょうどリミア商店街から出るところで声をかけられる。

振り向いた瞬間、アデリーナは驚いた。

――ゴミをばら撒いて嫌がらせしようとした一人！

白髪の交じった髪を後ろで高く結い上げた妙齢の女性だ。

性格を表すようにキツい顔に、さらに剣呑な眼差しでアデリーナを見据える。

キツい顔は人のことは言えたものじゃないけれど、とアデリーナは己を反省する。

女性はヅカヅカと近寄ると、自分より幾分背が高いアデリーナを睨み付けながら言った。

「ふん、あんた。うまい具合にアンサルディ様に取り入ったね。若くてちょっと美人だからっていい気になるんじゃないよ」

「そうでしょうか？」

最初から難癖つける気でやってきた相手だが、喧嘩を買う気はない。

なるべく穏便に済ます。それが正解だ。

荒波を立てるのは最低限の方がいいし、彼女は丁寧に扱わなくてはならない『堅気』だ。

（……って凛子の考え方だけど）

「今、リミア商店街のリニューアルのために理事長であるエイドリックさんと便宜上、一緒にいることが多いのは事実です。なにせ私も役員ですし、副理事を務めておりますから」

「ふん、どうだか。大方その顔とか体を使ってたらし込んだんだろう？　ちょっと美人だからっていい気になってんじゃないよ」

「いい気になんてなってません。それに私はキッい顔してるってよく言われますが、美人かどうか言われたことなどないので」

　これ以上難癖に耳を傾けるのは時間の無駄だ。あまり構っているとリベリオ達が駆けつけてくるかもしれないし。

「もし、話したいことがあるなら明日にお願いします。大抵はリベリオの店の二階で仕事をしていますので」

「だ、誰が行くか！　敵の中にわざわざ出向く馬鹿なんていない！」

「言ったでしょう？　私は商店街の副理事でリミアの責任者です。何か問題があったら相談に乗るのが今の私の仕事です。もちろん、クレームにも耳を傾けるつもりです」

「……ふん！」

　女性は鼻を鳴らすと、店頭に置いてあった袋をアデリーナに渡す。

「ほら！　私の店の惣菜だよ！　余りもんだけど持ってけ！　若い女の子が夜遅くまで若い男と一緒にいるなってことだよ！　あんた美人なんだから！　襲われたらリミアで店を開いている私らの責任になるんだ！　暗くならないうちに家に帰りな！」

「……えっ？　ぁ、はい」

「リベリオ達にも言っときな。飯がなかったらよしみで安くしてやるから買いにこいって」

　もしかしたら、もしかすると、とアデリーナは口を開く。

「心配してくれてるんですか？」

アデリーナの問いに、女性の顔が耳まで真っ赤になった。

「リベリオ達のことはガキの頃から知ってるさ。子供を置いて逃げていく親が続出してさ、リベリオ達はそういう置き去りにされた子さ。気になってたまに飯を食わせていたのさ……たまにだからね、たまに！」

「そうだったんですか……ありがとうございます」

アデリーナは深々と頭を下げた。それに女性はかなり驚いたらしい。

慌てた口調で言葉を続ける。

「あんたが頭を下げる必要なんてないだろう！」

「いえ、責任者になったんです。礼を言うのは当たり前です」

毅然と返すアデリーナに女性は「ふん」とまた鼻を鳴らす。

「けれど、ならどうして今まであんな嫌がらせを？　気になります。見たところ、ちゃんと年会費も払っているし……お店も真面目に経営してる。なおさら商店街の発展を削ぐなんて行為をするなんて信じられません」

「あんたアンサルディさんのお飾りかと思ったけれど、ちゃんと仕事をしているんだね」

アデリーナの言葉に、女性は腕を組み大きく息を吐き出した。

少しの間、静寂が起きたが女性は思い切ったように口を開く。

「私の店は年内中に閉めるんだ」

「どうして？　噴水広場に面していて売り上げは上々では？」

いきなりの発言にアデリーナは女性に詰め寄る。

女性は首を横に振りつつ話す。

「もう歳なんだよ。数種類の惣菜を一人で作るのも辛くてね。店をたたんで田舎で隠居《いんきょ》しようと思っているのさ」

「そうでしたか……残念です。新しくなるリミア商店街で頑張ってほしかった」

「だからこそ、だよ。新しくなる商店街に私のような古い考えの奴はいらないさ。あんたみたいな若い子がこれから盛り立てていくんだ」

「古い考えなんて……！」

「いや、古いさ。なにせ権力者の命令には逆らえないんだから。……こうして居る場所が荒れていっても、怖くて逆らえなかった」

しみじみと思い起こすように女性は言うと、周囲に視線を彷徨わせる。

何かに怯えているような女性にアデリーナは気になり、

「やっぱりこれお支払いしますね」

と女性にピタリと近づく。

「どうしました？」

財布を出しながら尋ねた。

意図に気づいた女性は、

「ああ、じゃあ半額でいいよ」

適当な値段を言う。それから小声で話し出した。

「……アンサルディ様には気をつけな。心を許すんじゃないよ」

「――？」

「私のこの店はアンサルディ様から借りてるんだ。……本当は歳でやめるんじゃないのさ、立ち退くように命じられたんだ。まぁ、私も歳だ。ここいらで潮時《しおどき》なんだろうと納得もしたけどな。他にも嫌がらせした店の連中ももう、命令でこの商店街から出ていく」

「そんな……っ」

それから普通の声音に戻り、女性はアデリーナにお釣りを渡す。

「はい、お釣りだよ。じゃあ、リベリオ達にさっきの伝言を頼んだよ」

と、さっさと裏口から自分の店に入ってしまった。

女性を見送ってから、アデリーナは何事もなかったように帰路につく。

けれど内心は動揺していた。

女性が気にしていたのは監視だ。もしかしたらあの場に監視がいて見張っていたのかもしれない。

それにアンサルディといえば――エイドリック・アンサルディのことだろう。

「エイドリックさんが……？　本当に？　監視までつけて？」

エイドリックが黒幕――。


ようやく自宅に戻りアデリーナは、動揺した心を落ち着かせるために冷たいシャワーを浴びた。よほど動揺したときに行う。これはアデリーナも凛子もやっていたことだ。

こんなところに共通点があるなんて、と驚いたが。

まるで滝行のように頭から水を浴び、目をつむり瞑想する。

そうして体も心も落ち着かせてから改めて考えるのだ。

着替え、寝台の上で胡坐をかきながらエイドリックとの今までの出会いを思い起こす。

最初の出会いで印象が良かったが、その後の対話で引っかかっていた。

（引っかかっていた勘が当たっていた？）

それは凛子の記憶がなかったらそのまま『好青年』と信頼し、接近していたかもしれない。

でも、もしかしたら惣菜屋の女性の虚言《きょげん》かもしれない。その可能性も考えないといけない。

頭を巡らせながら水を飲み、ポストに入っていたものを確認する。

広告ばかりの中、一通の便せんと厳重に包装された薄い小包が紛れている。アデリーナは宛名を確認し、封を開けた。

母親からだ。

開閉型の屋根に使用するガラスについて、バルフォルア家も携わっているのかどうか尋ねた返事だろう。

じっくり目を通していく。

近況報告が嬉しかったと。元気にやっているようで安心したということ。母の心配はいいので自分のことを厭いなさいということから始まって、柔らかな線の字に書かれた母の想いにアデリーナの心は和んでいく。

それから四元素ガラスの件。

やはりバルフォルア家の親戚が関わっているとのこと。

天災に強い強化ガラスということで売りに出していて、貴族や富豪には好評らしい。

ただ、値段はそれ相応で一般市民からの注文はごくわずか、ということだ。

「『けれど最近、リーメルから大量発注が来たようです。これから市民にも需要がまわっていくのではないでしょうか』か。たぶん、うちの商店街よね、この大量発注って」

なら、エイドリックは本当に発注をかけたことになる。

あの値段で。

一緒にガラスの見積書が入っていた。

エイドリックからもらった見積書のコピーと見比べると、三つの商店街の屋根を変えるとなると安価だ。

エイドリックはかなりまけさせた、ということか。

「うーん……でも何かこう……引っかかるのよ……」

言いながら、もう一つの厚さの薄い梱包を解く。差出人は同じ、母からだ。

開けてみたらクッション材に厳重に巻かれた物があった。

「何かしら。これ？　鏡とか？」

ワクワクしながらクッション材を開けて、アデリーナは、

「……これぇ」

と目を眇《すが》めたのだった。

◇◇◇◇◇

「移動魔法陣が解放されるぞー！」

商店街の役員の一人が噴水広場から声を上げている。

その声に皆が噴水広場に集まってきた。

もちろん、アデリーナもリベリオ達と一緒に見にきた。

今日、屋根の資材が来ることになってたのだ。しばらくは場所のとれる噴水広場が資材置き場として利用されることになる。

「へぇ、移動魔法陣？　すごいわね、ここにも張ってあったんだ。てっきり列車か馬車か車で来るかと思ってた」

「本当にたまーに使うだけなんですけどね。なにせ魔石をめっちゃ使いますから」

とリベリオ。

アデリーナは頷く。

「そうよね。魔力を多く持つ貴族も補助に道具や魔石を併用しないと、遠距離まで物を飛ばせないもの」

空間移動は最高峰の高等魔法だ。

そうしょっちゅう利用できない。だからこそ他の移動方法が発達したのだ。

なので、物珍しさから住宅街からも人が集まってくる。

「座標はあってるか？　……ああ、それでいい。物だけの移動だから」

エイドリックが耳にかけるタイプの魔法携帯電話で相手と話している。

この携帯電話もビックリした。

なにせ凛子時代に、新世代イヤホンとして出始めたのと形が同じなのだ。

（アデリーナの世界では魔法とはいえ、すでに携帯電話として普及しているなんて……）

欲しいわぁ、なんて羨望の眼差しでエイドリックの携帯電話を眺めていたら、気にせずにリベリオが聞いてくる。

「空間移動の魔法は、物だけの方が楽なんですよね？」

「理屈ではね。でも、結構緻密《ちみつ》な計算が必要になるのよ。苦手だったなぁ、この授業」

アデリーナは答え、しみじみと思い出す。

空間移動は高等な魔法で、個人個人が持つ魔力では難しい。なので数人で組んで、かつ魔石を使って訓練を兼ねた実践を行う。

それでもせいぜい、物を最大数メートル移動できるだけだった。

なにせ爆炎型の魔法を駆使するバルフォルア家。

細かい計算で一寸の狂いもなく行わなければならない空間移動は、性に合わないらしかった。

「おっ、魔石。すげぇな、あんなに並べるのか！　あそこまで魔石を使うの初めてだ！」

リベリオが興奮している。

円状に並べられた魔石の数といったら、アデリーナも初めて見る量だ。

しかも大きい。普通は爪くらいの大きさのを利用するが、今回はその倍以上はありそうだ。

「エイドリックさん、これだけでどれだけお金を使ったのかしら？」

いくら個人資産から出すと言っても、あれだけ大きさの魔石を集めるのにも苦労するだろう。

そんな疑問に、リベリオがコソッとアデリーナに耳打ちした。

「どうやら父親も支援しているらしいですよ」

「エイドリックのお父様が……なるほどね。自分が幼い頃に住んでいた商店街のリニューアルのために資金を提供したってことかしらね」

エイドリックが電話を切り、

「皆さん、魔法陣から離れてください」

と声をかけ、アデリーナに向かって走ってくる。

「今から三分後に移動してきますよ」

「楽しみですね。瞬間移動も資材がくるのも」

エイドリックの言葉にアデリーナも応える。

そうして三十秒前になるとカウントダウンが始まった。

「……二十……十！　九、八、七、六、五、四、三、二、一！」

「ゼロ！」

という市民のかけ声と同時、魔法陣が空に向かって光を放つ。

思わず「玉や」なんて言いたくなるほどのスパークでアデリーナは声を上げる。

「うわっ！　大きい噴出花火みたい！」

その光は一瞬にして消え、魔法陣には――。

「おお！　資材が！　資材が運ばれてきたぞ！　成功だ！」

わあっ！　と歓声と共に拍手が上がる。

エイドリックはまた電話をかけ、成功の旨を知らせている。

アデリーナとリベリオは他の役員達と、瞬間移動された資材を見にいく。

「すげえ……これ全部いっぺんに運ばれてきたんだ……」

「でも、リミア以外でも使うとしたら少なくないかしら？」

なんてリベリオと話していたら他の役員が首を振る。

「まさか！　これから第二弾、第三弾って来る予定ですよ。今回はこれだけです」

「じゃあ、また魔石をあれだけ使うのね。それだけで予算がオーバーしないかしら？」

急に不安になった。

「大丈夫ですよ。今回はガラスのみ瞬間移動を選んだんです。あとは列車とかの交通手段を利用します。さすがにガラスは運ぶ途中で事故でも起こされたら大変な損害ですから。それを考えたら高くても瞬間移動の方がよかったんです」

アデリーナの問いに通話が終わったエイドリックが答えた。

「そうなんで……っ!?」

腰を屈《かが》みながら資材を見ていて、アデリーナはエイドリックの声に振り向く。

間近に彼の顔があってその距離に驚く。

彼の方も驚いたようだ。

「……あ、すみません。距離が近すぎました」

「い、いえ……大丈夫です。ちょっと驚いただけですから」

もう少し近かったら、あと一センチ近かったら唇が……。

という距離で「もしそうだったら」と思わず想像してしまう。

（顔が……！　顔が！　あつっ！）

エイドリックも顔を赤らめていて、動作がぎこちない。

「ちょっと席を外します」

と、この場から離れていってしまった。

悪いけど、エイドリックが離れていってくれてよかった。アデリーナは火照った顔を手で扇いで冷ます。

隣でリベリオが疑いの眼差しを向けているし。

「なんですか、今の？『お互い意識してます』って態度」

「あんなに近ければ普通に驚くわよ。お肌の荒れまで見られてたらどうしよう」

なんて誤魔化しつつ、梱包されたガラスに触れる。

一枚一枚が大きいので全部剥がして確認するのは難しそうだ。

「何してるんすか？」

「注文したものかどうか確認は必要でしょう？　間違って違う種類のガラスが運ばれてきたかもしれない可能性だってあるんだから」

「それはそうですね」

他の役員達も数人手伝ってくれて一つだけ開けてみる。

もちろん、すぐに梱包し直しできるよう、丁寧にだ。

開けてみるとその透明度に皆息を呑む。

太陽光に照らされたガラスは時々、色の三原色が波のように揺れ現れては消えた。

芸術と言っていい美しさに、ほぉ、とそこにいる全員が感嘆の息を吐いた。

「すげぇ純度、しかも薄いし」

「これで強度も高いってすごいですね」

わいわい言っている中、怒鳴り声が響いた。

「何やってるんですか！　勝手に開けないでください！」

エイドリックが戻ってきたのだ。その血相を変えた表情に皆、顔を見合わせる。

アデリーナがそんなエイドリックに謝罪した。

「すみません。発注が間違っていないか一つ開けてみたんですが、駄目でしたか？」

「そ、そういうことでしたか。けれど、開ける際には私にも一言言ってください。もし間違って傷がついたら困ります」

「もちろん、丁寧に扱いました。でも、かなりの強度なんですよね？　説明書に落としても割れないようなことが書いてありましたけれど」

「それでも取り扱いには注意しないと。魔法効果を取り入れたガラスなので、その分繊細なんです」

怒りを乗せながらも青ざめたエイドリックの顔に「申し訳ない」と皆で謝罪する。

「とりあえず、梱包し直してください」

急かすエイドリックの命で、またガラスを梱包する。

「もう屋根に取り付けてしまうものだから、近くでお目にかかれないなぁ」

「金持ちになれば自宅の窓に取り付けられるぜ」

なんて言い合ってようやく空気が和んだ。

工事用の防護柵で運ばれた資材を囲って終了した。

「エイドリックさん、先ほど梱包を剥がしたの私が頼んだんです。ごめんなさい、エイドリックさんにも了承を得るべきでした」

解散し皆、自分の店に戻る中、アデリーナはエイドリックを引き止めて謝罪した。

「アデリーナさんが……そうでしたか。まぁわかります。『炎のバルフォルア』と呼ばれる四元素の一つの魔法を得意とする一族の方ですものね」

「どんなものだか間近で見たくて欲求を抑えきれませんでした。以後、気をつけます」

アデリーナはエイドリックに頭を下げる。

「いえ、わかってくだされぱいいんです。もう頭を上げてください」

頭を上げると、わかる。結構近い位置にエイドリックが立っていることに。

友人の距離とは違う。

ここできっと顔を赤らめて恥じらう場面だろう。アデリーナなら。

しかし——凛子の『警戒』が表面に出ていた。

エイドリックの、温和な顔に乗った笑みを見上げる。アデリーナも恥じらった笑顔を向ける。

「これからは私に話してくだされば、願いを叶えるつもりです。他ならぬアデリーナさんですから。だから興味本位でうろつかないでくださいね、危険《きけん》ですから」

「——っ!?」

至極丁寧で優しい言葉なのに、アデリーナは自分の背中に冷えた感覚が走った。

（……親しみを込めて近づいたんじゃない。『脅し』だ）

動き回るな、いじるな、ということだろう。

舐められたものだが、アデリーナはさらに微笑みを深くする。

「エイドリックさん、他ならぬあなたが私の願いを叶えてくださる、ということですが私の願いは私自身で叶えるもの。もちろん、相談はするでしょう。でも、必要以上の協力は私を甘やかすことになりますわ。自分の夢を叶えるためには行動も大事ですから、とことん動きますわ」

そう言うとエイドリックから一歩下がり、スカートの裾を摘まみ膝を落とした。

◇◇◇◇◇

一連のアデリーナの行動が『挑戦』だと受け取ったのか、それとも単に忙しいのか、エイドリックはここ数日顔を見せない。

アデリーナも開店に向けていろいろやることがあるので、同じようなものだが。

リベリオ達は、噂を聞きつけちらほらと戻ってきた商店街の住民達と一緒に店を掃除したり、補修を手伝ったりとボランティアに余念がない。

そんな中、第二弾の資材が運ばれてきた。

今回は舗道の補修用の資材だ。それは各商店街の路の一角に置かれた。

「花壇ができるの？」

とエリンが、積まれた長方形の埋め込み型の植木鉢を指さしながらアデリーナに聞いてくる。

「そうよ、ここにお花を植えるの。商店街のお花屋さんはこれから忙しくなるわね」

「お花、好き」

エリンは自分で縫ったスカートの裾を掴みヒラヒラと舞う。

以前、アデリーナが薔薇の柄部分を縫わせ、ギャザーをたっぷりと施した部分だ。

アデリーナが仕事を回しているせいかエリンの家も少しは余裕が出てきたようで、服を新調したのに、お気に入りでこのスカートばかり着ているそうだ。

毎日忙しくても充実していた。

このままリミア商店街が綺麗になってルルエとベルティ、そして住民達に受け入れられるようになったらいいな、とアデリーナは願わずにいられなかった。

明朝、アデリーナの自宅の扉を叩く者がいた。

「う～ん……何よぅ……叩かなくたってドアベルあるじゃないのぉ……」

時計を見たらまだ五時だ。

アデリーナはノロノロとベッドから降りるとガウンを羽織りながら応対する。

「……どなた？」

「俺です！　リベリオです！　商店街が大変なんです！」

「え？」

「花壇とかの資材が……！　メチャクチャに！」

一気に目が覚めた。

「すぐ支度するから先に行ってて！」

ドア越しにリベリオに言うとアデリーナは、すぐに支度に取りかかった。

今までで最短の時間で支度を済ませ、アデリーナはリミア商店街に到着した。

「……っ!?」

舗道用の資材が積まれた場所を見て愕然とする。

花壇用の鉢はすべて割られ、土壌用の土は袋が破かれて辺り一体にばら撒かれている。

補修用のタイルまで一つ一つご丁寧に割られていた。

「これ、割る音とか聞こえなかった？」

ここまで割っていれば、リベリオ達や近隣に住んでいる者達に聞こえない方がおかしい。

しかし、リベリオ達は首を横に振った。

「いえ、聞こえませんでした。俺らが気づいたのって数人が駆ける足音でなんですよ。明け方に喧《やかま》しいなって思って窓を開けて確認したら……この有様で」

「そうか……防音魔法を使ったのか、音消しに厚手の布かなんかで巻いて割ったのかもしれないね」

「どうします？」

「まずエイドリックさんに連絡を。それから他の商店街も被害にあっていないかどうか聞いてきて」

はい、とリベリオ達は手分けして報告に走る。

「……おそらく、リミア商店街だけなんでしょうけれど、こういう被害って」

アデリーナがぼやいた通りで、被害はリミア商店街のみだった。

――まだ、この手の嫌がらせは終わっていない。

あの忠告してきたおばさんの言うように、エイドリックは『危険人物』として見張っておいた方がいいのか悩む。

「アデリーナさん！」

エイドリックが駆けつけてきた。

アデリーナが無言のままで指した場所を見て、エイドリックは困惑の表情を浮かべた。

「なんてことを……」

「被害はリミア商店街のみのようです。嫌がらせはまだ続いていますね」

「なぜだ……。秘書は解雇したのに」

「このアローラにいる可能性はありますか？」

「わからない」

エイドリックは眉間に皺を寄せ、しばらく考えに耽っていたが思い切ったように言った。

「あり得ないことじゃありませんね……こっちでも解雇後の彼の動向を調べてみます」

「お願いします。どうやら数人で行動しているみたいなんです」

「見たんですか？」

アデリーナの言葉にエイドリックは驚いたようだ。目を開いてみせる。

「リベリオが足音だけ聞いたそう。時間からしてそうだと思うわ」

「そうですか……。防犯も考えないといけませんね」

ホッとしているように見受けられるのは、気のせいだろうか？

彼に対して疑心暗鬼になっている——アデリーナは首を横に振って雑念を払う。

「また発注し直さないといけないわね。それに掃除もしないと」

「保険に加入したのでそれで補えるかと思います。発注は私に任せてください」

「よろしくお願いします。もしかしたら他の商店街も今後、被害が及ばないとも限りません。何か対策を講じた方がいいと思います」

「わかりました。一度役員に招集をかけましょう」

役員が集まり、リミアで起きた事件に皆、溜息を吐く。

「エイドリックさんの案に乗って他のルルエとベルティも足並みを揃え再建を考えたけれど、やはりリミアは問題がありすぎる」

「ああ、そうだな……しかし何だってリミアばかりが……」

古参の役員が呟いた。

そういえば、リミアの嫌がらせは他の商店街と役員達がしていた。

とはいえ、誰かの仕業とか関係なしにこのような悪戯目的の破壊などは、他の商店街では起きていなかったのだろうか？

「ルルエとベルティは今までこんな嫌がらせ――いえ、事件はなかったんですか？　例えば悪戯目的の落書きとか物を壊しちゃったとか」

「うーん、まぁそういうのはたまにあるな。リゾートにくる連中達も皆、品の良い奴ばかりじゃない。酔っ払って物壊したり、暴力振るわれたりというのはあるさ。ただ、あからさまにこうした嫌がらせ目的だろうというのは、リミアだけだ」

「そうですか……じゃあ、やっぱりリミアに怨恨がある者の犯行の可能性が高いですね」

アデリーナはエイドリックに視線を向ける。

「嫌がらせを指示していた秘書さんは、このリミアと何か繋がりは？」

「彼はこのアローラの出身でしたが……リミアと怨恨《えんこん》があるかどうか……」

「彼は今、どこに？」

「解雇したので、どこで何をしているやら。でも仕事は有能でしたので、今頃どこかでまた秘書として働いているかもしれません」

「その秘書さんのこと、現在どうしているのかだけでなく、過去も探っていただけませんか？」

「ええ、私もそう思いました」

エイドリックは快諾する。

今回の件で、ルルエ、ベルティにも被害が及ばないとも限らないので、役員と有志を募って見回りを行うことが決まった。

特に、壊されると大打撃の屋根のガラスは、二十四時間監視をつけることにする。

工事が始まったら警備員をつける手はずとなっていたが、前倒しして早めにお願いをすることにも決まった。

見張りと見回りの順番を決めて、その日は解散となった。

解散後、アデリーナは噴水広場に設置されたアーケード用の資材置き場へ向かう。

気になったことがあったからだ。

「アデリーナの姐御、どうしました？」

リベリオがボディガードよろしく付いてきている。

アデリーナは目ざとく周囲に視線を巡らせた。

「何でもないよ、さあ開店の準備を急がないとね！」

と明るく言ってみせる。

「俺に手伝えることってありますか？」

「あるよ！　店の中に入ったらね。ディスプレイ用の棚とか組み立ててほしいの！」

そうリベリオにウィンクしてみせる。

どんなにキツい極悪面なアデリーナの顔でも、ウィンクは男性には魅力的に映るものらしい。

リベリオが顔を真っ赤にしてデレデレしながらアデリーナの後ろをついていき、開店に向けて準備中の店へ一緒に入っていった。

「……あれ？　姐御、もう棚、組み立ててあるじゃないですか」

「まあね。日曜大工得意だから」

「元公爵令嬢が……？」

突っ込まれてしまった、と慌ててほほほと笑って誤魔化す。

「一人暮らしをするようになってから！　意外とできるものよね！」

――一人暮らしといっても前世での一人暮らしのときです。

普通に組み立ててしまったことに後悔した。

『誓いの王国という乙女ゲームの悪役令嬢アデリーナ』として転生していたのだ。自分ですっかり忘れていた。

(危ない危ない……公爵令嬢としての教育どこいった？　って感じだわ。気をつけて令嬢らしい部分を出していかないと)

「これは置いておいて、リベリオと仲間達に頼みたいことがあるの。……こっそりとね」

「わかりました。なんでしょう？」

アデリーナの真剣な表情にデレていたリベリオも顔を引き締まる。

「あんた、明日の夜は屋根の資材の見張りでしょう？　そのときにね……私を誰にも見つからずに一緒にそこへ連れていってほしいの」

「……えっ？　それは構いませんけれど……どうしてです？」

「私も見張り当番を受け持っているけれど、エイドリックさんか、他の役員さんと一緒でしょう？　それに副理事だから他の役員さんに比べたら受け持つ日にち多いしで、常に誰かと一緒にいるのよ。しかも夜は女性一人で出歩くと目立つからできないし」

「そう言えばそうですね。それで俺達が、アデリーナの姐御を隠して資材置き場へ連れていってから何をする気ですか？」

「ガラスを一枚、私の下宿先へ持っていきます」

「……はあっ⁉　あれって一枚かなりでかいんすけど⁉」

「声がでかいよ！」

シー！　っと人差し指を立てられ、リベリオはハッと口を引き結ぶ。

「いや、それは無理では……？　そもそもどうやって持っていくんです？」

「最悪、空間移動の魔法しかないわね。でも確かめなくてはいけないことがあるの、それも工事に取りかかる前に。でないと取り付けられたら手遅れだわ」

「どういうことです？」

「あのさ、あのガラスってルルエもベルティも、種類もサイズもみんな同じじゃない？」

「そりゃあ、そうです。同じアーケード用の屋根なんですから。それは設計図を確認しています」

「だったらどこの商店街にガラスをつけようが同じでしょう？　なのにどうして『リミア用』『ルルエ用』『ベルティ用』って分かれて梱包されているの？」

「……そういえば」

「ガラスにも前後があって『前用』とか『後ろ用』とかで分かれているならまだ納得できるけれど、そうじゃないし、それに支柱用は各商店街に分かれていないでしょう？」

「分かれているのはガラスだけ……」

「怪しいと思わない？」

アデリーナの説明に、リベリオも気難しい顔をして一点を見つめる。

「アデリーナの姐御がこっそりガラスを一枚持っていって確認したいという理由はわかりました……けれど、空間移動の魔法は　難しいと思いますよ。いくら姐御が一流の魔法が使えるとしても、座標計算とか魔鉱石を今から集めるとか準備の時間が足りませんし、また元の位置に戻すとしたらさらにです」

リベリオの意見はもっともだ。

しかしアデリーナは不敵な笑みを浮かべた。

「ふっふふん」

と、肩から提げている『ある物』をリベリオに見せる。

ポシェットだ。

「――あっ！　その手があったか！」

リベリオもそれを見て納得したのだった。

# 第十一章　主犯格はあなた

次の夜中――それは実行された。

噴水広場は魔法灯が点在していて、夜もそれなりに明るい。

しかしながらそこに人がいるとわかっても近づかないと、顔の輪郭などはっきりと見えないくらいの明るさである。

アデリーナは日頃のフリルやレース好きが周囲に広まっているせいか、地味な黒パンツにシャツ、そしてベスト姿――要するにリベリオ達の普段着姿でいるとは思わない。

しかも魔法灯しかない明かりの下だ。まずリベリオ達の仲間だとしか見えないだろう。

問題は派手な巻き髪だが、それはギュギュッとキツく結わいたお下げにした。

本当はお下げをアップにしたかったが思いの他、お下げが太かった……。

アデリーナの髪の質は太くて堅い。だからロール巻きにするとフランスパンになるんだとアデリーナは今更ながら納得し、ゲームの世界ではドレスアップしても彼女が髪を結わない理由もわかった。

なるべくリベリオ達に盾になってもらいながら噴水広場に行き、そのままガードされるようリミア用と書かれたガラス資材の梱包を開ける。

なにせ天井用なので大きい——でも、アデリーナのポシェットは少しでも中に入れれば大きさ関係なくすっぽりと入る。しかも重さなんて感じなくなる。

ポシェットをひっくり返してガラスの角に被せるように乗せると、あっという間に入った。

「交代の役員達が来るまでに戻ってくるけれど、もし、交代十五分前になっても戻ってこなかったら梱包し直しておいて」

「わかりやした」

「アデリーナの姐御、俺も一緒に行きますよ。取り出すとき大変でしょう？」

「大丈夫だけれど……。うーん、念のために付いてきてもらおうかな。あんた多少、魔法使えるし」

「任せてください」

リベリオは胸を張って頷いた。

なるべく人目につかないように、アデリーナの住んでいるアパートメントに辿り着く。

「そういえば俺、姐御の部屋に入るのって初めてです」

「というより、女の子の部屋に入るのも初めてなんじゃないの？」

アデリーナの茶化しにリベリオは語気を荒くする。

「そんなことないです！　俺にだって過去に一人や二人！」

と言うが、嘘だと顔でわかる。めちゃくちゃ嬉しそうだ。

「まあ、それは後でゆっくり聞くわ。今は限られた時間の中で検証しないといけないし」

「検証って、持ってきたガラスのことですよね？」

「そうよ、そのためにスペースを作っておいたの。そこから離れて」

ベッドやテーブルを壁際に寄せ、床を空けたのだ。

「あらかじめ魔法陣を創ってあるから――そこにガラスを『浮かす』」

『浮かす』？」

「これって、天井用でしょう？　だからそれと似た状態にするのよ」

「なるほど。『浮遊魔法』ですか」

と、リベリオは納得したように頷いた。

「さすがにこれ、リベリオと二人でも重たくて持ち上がらないでしょう？」

「そりゃあ普通は、吊り下げる重機を使うものですからね」

アデリーナが呪文を唱えながら、ポシェットからガラスを取り出す。

すると――出した瞬間にガラスは羽のようにふわりと宙に浮いた。

アデリーナが手のひらを上にしてそのガラスを支えているように見えるが、彼女の手のひらとガラスの間にははっきりと隙間があり、ボンヤリと光っている。

そのままゆっくりと魔法陣の上に持っていくと、手を放す。

ガラスは魔法陣の影響を受けて浮いたままだ。

アデリーナの魔法に、リベリオはビックリして口を開けたまま呆けている。

「姐御の炎の魔法はすげぇ、と思っていましたけれど、他の魔法もすげぇんですね」

「バルフォルア家は特に炎系が強くて群を抜いているというだけよ。他の魔法もそれなりに使えるの。……バルフォルア家の跡継ぎとして他の魔法も使えないと認められないという教育のせいだけど」

男子に恵まれなかったから自分が跡目を継ぐ者として厳しく教育を受けてきたが、バルフォルア家からもフェルマーレン国からも追放された。

(今後、バルフォルア家はどうなるんだっけ?)

ふと思ったが、きっと親戚から養子をとるか何かするのだろう。ゲームプレイ中にバルフォルア家の行く末なんて、シナリオになかったからわからない。

こうしてゲーム世界の中に生きているけれど、ゲームではなく現実の世界なんだと実感が湧いている。

生きているからこそ、今を精一杯生きないと――。

「さて――このガラスは説明によると四元素に強い性質を持っていて、災害時にその効力を発揮することになっているのよね。特に火災はフラッシュオーバーやバックドラフトなどの発生する前に、水の元素が働いて火事の勢いに応じてスプリンクラーのように大量の散水魔法が発動し、同時に土の魔法も発動、さらにガラスを強化する……」

「ちょっ、ちょっと待ってください。もしかしたらこの部屋でフラッシュオーバーやバックドラフトを起こすつもりですか？」

「できないことはないけれど、このガラスがもし機能しなかったらやばいから、そこまで高温になる火は熾さないわよ」

「よかった。ここでキャンプファイヤーになったらまた追放されますよ、姐御」

「一言余計。魔法陣にしっかり結界も入れているし！」

暇なときに、リベリオ達にこのアローラに来た理由を掻い摘んで話したので、事情は知っている。

とはいえ、また追放されたらたまったもんじゃないし、繋がったけれどまた指を詰めたくない。アデリーナは炎の温度をしっかり調整する。

アデリーナが魔法陣内で『炎』の魔法を放つ――。

◇◇◇◇◇

それからまた二日ほど経った。

屋根の解体工事が始まり、日中解体の音が喧しく響く。

なにせ三つの商店街の屋根を一旦解体するのだ。うるさいのは仕方ない。

商売にならないと『臨時休業』の看板を出したり、早めに店じまいする店舗もあったりと様々で愚痴る者はいたが、さすがに苦情を言ってくる者はいなかった。

新しい屋根になったらもっと明るい空が拝める。

屋根付きの商店街なんて洒落てると思って賛成した店の人々も、やはり晴れている日はお天道様を眺めたいという気持ちになっていたのだろう。

リミアは他の商店街との『壁』を先に壊す手はずになっていて、工事に取りかかるのは一番遅い。

その壁を見上げる一人の女性がいた。

もう夜が更け深夜の寝静まった中、明かりのない場所に一人で立つ女性は誰かを待っているようだった。

所々割れた天井のガラスから覗く月は三日月で、細くて弱々しい光を商店街にいる女性に向け、照らしていた。

「アデリーナさん？」

やってきたのは青年。しっかりした声音で待っていた女性の名を呼ぶ。

アデリーナは見上げていた壁から青年に視線を向けた。

「お待ちしておりました。エイドリックさん」

と言って、また壁に視線を向ける。

「どうしました？　こんなところに呼び出して」

エイドリックはそう言いながら、親しげにアデリーナに近づいてくる。

「今日から壁を壊す予定でしたのに、延期になってしまいましたのね」

「ええ、残念です。業者が忘れていたなんて、ひどいミスです。至急に取りかかるよう言ったので、あと二、三日待っててください」

「本当にひどいミスですね。今度も、なんだかんだと遅れるんじゃないでしょうか？」

アデリーナの声は静かで、消沈しているようにも取れる。

エイドリックは彼女を励ますように明るい声音で告げる。

「今度は大丈夫でしょう。事故でも起きない限り」

「――では、事故でも起こすおつもりで？」

「……えっ？」

弱い月の光の中、アデリーナの青の瞳が凍ったような冷えた色を放っている。

無機質と言えるような何も見えない彼女の表情に、エイドリックは初めて背筋が寒くなる。

「エイドリックさん。もう本音を言いましょうよ……。本当はリミアをリニューアルなんてしたくないんでしょう？」

「そんなことあるわけないじゃありませんか。このリミア商店街は父の故郷だとお話ししたよね？　このままにしていたら父が哀しみます。それに商店街の人々だって哀しいでしょう？　だからこそ、資産を投げ打っても協力しているんです」

「エイドリックさんは、お父様をお好きなんですか？　こうして動くのは、お父様のため？」

「当然でしょう？」

フッ、とアデリーナは微かに息を漏らし笑みを浮かべた。

「嘘、でしょう？　お父様のこと好きなんて気持ちは全然ない。むしろ嫌っている。いえ、憎んでいるのではないのですか？」

「なぜ、そう思うんです？」

アデリーナの言うことがさっぱりわからないと、エイドリックは首を傾げた。

「他に『お父様本人がこの商店街を嫌っていて、ただ潰したいだけじゃない、最悪な状態にまでして潰してしまおうと、息子に命じた』とも考えました。でも、あなたのお父様がここに住んでいた頃のお話を港長から聞くに、とても幸せそうでした。復讐で潰すなんて思えない」

「当たり前じゃないですか！　こうもひどい状態にしてしまったのは私の秘書です！　……ああ、アデリーナさんの意見でわかりました。きっと秘書はこのリミアに怨恨があるのでしょうね。いずれ報告書が届きますから、それで彼の目的も判明しますよ」

「私は、秘書は関係ないと思っております。今まであなたが秘書に命じ、さも彼が指図したように私達に告げた。秘書さんは可哀相に……ただエイドリックさんの命じたと通りやったのに、しまいには罪を被らされて辞職ですもの。本人がすべてやったならまだ納得できるものを」

アデリーナは自嘲気味に肩を竦めた。

「アデリーナさんがフェルマーレンでやった罪のことは存じています。今のあなたを見ていると信じられませんけれどね」

「自分で『落とし前』つけましたから。あれで生まれ変わったというか……。でも、だからといってやった罪は消えないので、バルフォルア家からも国からも追放されました」

アデリーナは笑みを浮かべていた顔から、また何の感情も見えない表情になった。

エイドリックの背中には汗がにじみ出していた。

たかが小娘じゃないか。

なのに——どうして足が竦《すく》むような雰囲気を持っているんだ？

アンサルディ家も父が魔力を持ち、魔法が使えるので『貴族』の称号を持っている。

エイドリックも父の血を引いていて魔法だって扱える。

なので、貴族との交流だって物心ついた時からあった。

アデリーナは、今まで会った貴族とは違う雰囲気を持っていた。

凛とした気高い百合の花のような——そして今、彼女はまた違う雰囲気を身に纏った。

（まるで戦い前の戦場にいる騎士のような……そうだ、殺気と憤怒《ふんぬ》を隠しても隠しきれないような、そんな……）

そうか、とエイドリックは一人納得した。

彼女の無表情は、自分に対する『負《ふ》』の感情を抑えているからだ、と。

「アデリーナさん、どうして私がリミアを潰そうと思っているという考えに至ったのかかりませんが、誤解ですよ。第一、私がそんなことをして、いったい何の得になるんです？　父にまで叱られるというのに……」

「何の得にもならない。まったくそうよ。ただ、エイドリック。あなたのお父様がガッカリして哀しむ姿を見たかっただけなんでしょう？」

「だから……！」

アデリーナはエイドリックの言葉を制して、ポシェットから何かを取り出した。

それは――一枚のガラス。

それを見たエイドリックは目を大きく見開き、口を閉ざす。

「今回、商店街の屋根に取り付ける予定のガラスよ。心配しないで、これはある方が私のためにサンプルを取り寄せてくれたもの。発注したガラスから失敬したものじゃないわ」

「勝手なことを……」

エイドリックのつい出た言葉に、アデリーナは口角を上げた。

本音が出たか、というように。

「あ、でも一枚割っちゃったのよね、ごめんなさいね」

「――ええ!?」

このアデリーナの告白には、さすがのエイドリックも声を上げて驚いた。

「い、いつ？　どこで？　というか、どうやって一枚だけを？」

そこまで尋ねエイドリックは、はたと気づく。

「魔法か……。さすが天下のバルフォルア家の家督を継ぐはずだった方だ。何も炎の魔法だけしかできないわけではありませんよね」

「ご明察《めいさつ》。もうビックリしちゃった！　だって四元素を入れた最強硬度のガラスがたったの四百度で融解して割れちゃうんだもの！　しかも、水の魔法も土の魔法もなーんにも出てこなかったし、ますますビックリよ！」

アデリーナはそれは可愛らしく小首を傾げ言ったが、もうエイドリックには通用しないようだ。

「それだけが不良品？　違いますよね。確認したらリミア商店街用のガラスだけ、ルルエとベルティ用のガラスと違っていました。危ないところだったわ。だって何の付加もない、あんな薄いガラスを使用したら取り付けた途端に、割れちゃいそうだし、それに工事中に工事の人間がうっかり乗っかったら……天井から落ちますよね？」

「それは失礼しました。アデリーナさんが気づいてよかった。いや、それは知りませんでした！　きっと発注先のミスでしょう。届いたときにちゃんと確認しなかった私の落ち度です」

「これもわざとじゃない、ミスだと言うなら、これはなんなんでしょうね？」

次にアデリーナがポシェットから出してきたのは――携帯型の通話魔法具だ。エイドリックが持っているタイプと同じ物の。

「今の通話魔法具って大変便利になりましたね、だって録音もできるんですもの」

アデリーナは魔法具の小さなボタンを押す。

すると、録音された会話が流れる。

それを聞いてエイドリックの身体はワナワナと震え出した。

『お電話代わりました。……これはエイドリック様、いつもお引き立ていただいてありがとうございます』

『ああ、前の発注したガラスの件なのですが、正規の発注書はどうなっていますか？』

『もちろん他の、わからないような場所に保管しております』

『……心配だな。実は発注に関して額が安いと不審がっている者がいてね。もしかしたらそちらに出向くかもしれない』

『では、思い切って処分しますか？』

『いや、私が預かろう。こっちへ送ってほしい。もちろん、誰が受け取ってもわからないような封書で』

『宛先は？』

『郵便局留めにしてくれ。速達で頼む』

「その声は!?　私じゃないか!?」

エイドリックが叫んだ。

だが、そんな会話した覚えなどない。

それに、証拠を残すなんて危ない真似はしていない。

「アデリーナ！　いったい何をしたんだ！　やらせか⁉」

本性が出た。

今までの紳士な態度は影を潜め、荒々しい口調でアデリーナを責める。

「私、器用なのよ。――ほら、【こうして声を変えられるの】」

と、エイドリックの前で彼の声を真似る。

喉元を押さえ、魔力で調整して声を真似るのだ。

「【あまり長くは無理だけれどね。でも、一度聞いた声なら大抵は真似することができてよ】こんな特技のおかげで証拠はバッチリ掴んだけど」

そうして今度はポシェットから封書を見せる。

「き……さま……っ！」

エイドリックは体を震わせたまま、アデリーナを睨みつける。

この震えは怒りだろう。

「あと少しだったのにねぇ。まぁ、こんな手の込んだ嫌がらせをした理由って何？　それによっては、こっちも考えてもいいけれど？」

「あなたには関係ない！」

「はぁ？　何が関係ないだ！　あるから首突っ込んでるんだろう！」

明るいトーンからいきなりドスの利いた口調に変わったアデリーナに、エイドリックは一瞬たじろぐ。

「一つの商店街をこうも荒廃させたんだ！　それなりの理由ってもんがあるんだろう？　こっちだって理由も聞かずに何をしようとかしない。正当な理由ならこの証拠、皆に公表する気はないよ」

「……ふっ、その証拠に信憑性があるかどうかなんてわかったものじゃない。皆が信じるかどうかなんてわかりやしませんよ？　なにせ、ここにはあなたより私の方が長く信頼を得ている」

アデリーナのドス声にかえって冷静さを取り戻したのか、エイドリックが至極まともな意見を返す。

「皆が信じるか信じないかは、私らが決めることじゃないね。聞いた皆が考えることさ」

アデリーナの返しにエイドリックは息を呑み込んだ。

自分の意見に怯むどころか言い返してくる。

やはり、プライドだけが高い公爵令嬢じゃなかった。

フッとエイドリックは投げやりな笑いを見せる。

「理由ね……。きっとくだらないと思うでしょうね、あなたは」

「あんたの父君に関わることだろうと思っているよ。……最初に一緒に食事をしたとき、父君のことを話すあんたはあまり、嬉しそうじゃなかったからね。大統領に二期も当選した高名な父君で尊敬していると言いながら、どこか忌々《いまいま》しげな印象を受けたし。……そういうの類友《るいとも》でわかるんだろうね。私もね、父親には表面上は従っていたけれど、娘を金儲けの道具としか思っていないあの人は苦手だった」

「苦手か……まだその程度なら幸せだ、あなたは」

吐き捨てるように言うとエイドリックは口を開く。

「物心ついたときからいつも私は一人だった。いつも傍にいるのは、歳の取った乳母と執事。そんな日々だったから私は、乳母と執事が自分の両親だと思っていたときがあったよ。思い切って『お父さん、お母さん』と呼んだら『それは違います』と、そこでようやく誰が親なのかわかった次第だ。それほど親とは希薄な関係だった」

それを執事から報告を受けたらしく、親は休日になると一緒に過ごすようになったが『親子関係を築く楽しい時間』ではなかった。

勉強と躾の延長だった。毎日、自分達がいないときやっていた勉強のおさらいに礼儀作法。

少しでも完璧でなければ、乗馬用の鞭で尻や手の甲を叩かれた。

いつも言われる言葉は、

『エイドリック、お前はこのアンサルディ家の次期当主なんだ。誇り高く生きなくてはならん！　そのためには最高の教育を受けて身につけないとならんぞ！　けっして親が馬鹿にされるような恥ずかしい成績をとったり行動を起こすんじゃない！』

母も父の腰巾着みたいなもので、夫の言うことに満足そうに相づちを打つだけ。

それでも、自分は期待されている。両親の望むようにしていればきっと普通の子供のように愛され、普通の家族のように他愛もない出来事を話して笑い合える日が来ると思って精進した。

だからいつも『父を尊敬する息子』を演じ、生きてきた。

「けれどそれも無駄だと知った。あなたは世間に疎いところがあるから知らないだろうが、今期の大統領選に落選した一番の原因は『愛人問題』だ。しかも子供までいて認知もしていた。母は怒りを通り越して呆れた様子で家を出ていって、そこに愛人と子供が入ってきた。平然とね。私も成人して父の補佐をしていたから、忙しくてそう家に帰らなかったが。……だが、たまたま家に帰ることがあって……驚いた。同時に、怒りが、初めて怒りが湧いた。そこには私が欲しかった『家族』の形があった！　笑顔の父と母に囲まれて甘える幼い異母弟。異母弟が悪さをしても成績が良くなくても軽く叱るだけ。鞭で打つことなんてしない。完璧じゃなくてもああも愛されている異母弟がいる。……なぜだ？　なぜなんだ!?　しかも私には成人してようやく話してくれた父の少年時代の懐かしい話さえも、弟はもう聞いていた。屈託のない笑顔を向けて言うんだ『僕、お父様のお仕事が暇になったら、一緒にアローラにあるリミア商店街に行くんです。そう約束したんですよ』と。……私にはそんな約束したこともない。呆然としている私に父は言いました」

『エイドリック、今は忙しくて無理だが私とこの子が行くまで、リミア商店街が盛り上がっているように手を貸してやれ』

そのときのことが頭に浮かんでいるのか、エイドリックの体がまた大きく震えてきた。顔は憤怒で歪んでおり、眼差しは憎悪を乗せていた。

アデリーナはやれやれ、と言わんばかりに額を擦りながらエイドリックに言った。

「小さな子供に嫉妬してここまで商店街をメチャクチャにしたってわけ？　やってることガキだわ」

「なんだと……!?」

「いや、大人だけに頭が働く分、ガキより始末悪いわぁ。んで、大方あんたの父親と異母弟がここに遊びにきた時ガッカリしている顔を見て、溜飲《りゅういん》を下げようと思ったんでしょう？　たったそれだけのことをして、アホ？」

「アホとはなんだ！　……ふっ、これだけ荒廃していれば、ガッカリどころじゃないだろうよ。私のことも叱りつけるだろう『エイドリック！　任せていたのにこれは何事か』と。

それこそが私の願いだ。今までいいなりに良い子で生きてきた息子が、こんなことをしでかしたのだからな！」

はははと愉快そうに笑うが、アデリーナから見たら、空笑いだ。

無理して笑っているのは明らかで、逆に憐れを誘う。

アデリーナだって、彼の無念は痛いほどわかるつもりだ。

自分は家のため、親のための人形でしかない。

本人を愛しているがゆえの厳しい教育ではなかった。ただの道具でしかなかったのが、血が半分しか繋がっていない年の離れた弟によって、はっきりと表に出てしまったのだから。

育て方の違いを見せつけられ、愛され自由を許されている存在が目の前に現れたら――アデリーナだってもっと早い段階で歪《ゆが》んでいただろう。

（……だけど、エイドリック。気持ちはわかるけれど、許すわけにはいかないのよ）

「エイドリック、あんたの気持ちは痛いほどわかるよ。私だって似たようなものだし」

「わかるなら、このまま見逃してくれないか？」

アデリーナはエイドリックに向けて笑顔のまま首を横に振った。

エイドリックは、やってはいけないことをしてしまった。

たとえこっちが年下としても、言って正してやることも大事だ。

（前世を思い出したから、精神年齢はこっちの方がうんと年上だけど――）

一人、心の内で突っ込む。

「もう、嫌がらせはやめる。そして表面上今まで通りにリミア商店街を復興させるのに力を注ぐというなら、犯人はあなただということを黙っているつもり。精一杯の譲歩よ」

「……ふん、過去にやらかして追放されたあなたからの助言というわけですか？」

「まぁねぇ。家のために頑張ってきたけれど、天より高いプライドを身につけちゃって、それが原因で婚約者の浮気が許せなくて事件起こして、家を追い出されたからね。普通だったら浮気した相手が悪いのに私が手を出しちゃったから、私が全面的に悪くなっちゃったのよねえ。やりすぎは認めるわ――だからこそ、あなたはここでやめときな。私はどうにかこうして『生きていく場所』を見つけた。だけどエイドリック、私のようにやりすぎてはいけない。もう拗らせないで父親と一対一でやり合うべきだよ」

「もう一つ策がありますよ？」

エイドリックがニヤリ、と歯を見せ笑ってみせる。

ああ、これは駄目だとアデリーナはその笑顔を見てガッカリした。

彼が次に何を言うのかわかる。凛子の短い人生の中で幾度か味わった修羅場《しゅらば》だ。

「ここであなたを『消す』策です」

「やっぱり」

はあああああああ、とアデリーナは盛大な溜息を吐いた。

「大人しくリミアから、いえ、アローラから去ると言うなら痛い目に遭わなくて済みますけれど、どうしますか？」

「……もう一つ策を提案しようか？」

アデリーナの台詞に、エイドリックの眉間に皺が寄る。

「私があんたより強かったら、あんたは私の意見に従う策。古くさいけれど『タイマン勝負』とも言うね」

「『タイマン』……？　何ですか、それ？」

本気で知らないらしい。ますますエイドリックの眉間に皺が刻まれる。

古すぎて却って新しいのかもしれない、アデリーナは説明する。

「一対一で勝負ってこと。騎士用語なら一騎打ちとか言うのかしら」

「それは私に分が悪い。あなたは魔法の使い手でしょう？　私もそこそこ使えますがあなたとは雲泥の差だ」

「もちろん、魔法はなし。体術のみの勝負」

アデリーナの言葉にエイドリックは一瞬、ポカンとしたがすぐに笑い飛ばす。

「ご冗談を。あなたは女性、私は男。力の差は歴然です。それに私は格闘技をやっております。あなたの負けが見えていますが？」

「それは承知だよ。それでも私が勝ったなら、あんただって納得するだろう？」

アデリーナの言い分にエイドリックは目を見開き、また呆れたように笑った。

「あなたは自分の実力を過信しているのか、それとも無謀な闘いを挑んでいるのか……」

その台詞には同情さえも滲み出ている。

「そんなに私にこの件から引いてほしいのですか？」

「当たり前」

「仕方ないですね。この勝負、受けましょう。ただしハンデをつけます。今のままではあまりにアデリーナさんの方に分が悪すぎる。『付加魔法』はできますか？　力を倍にできるような」

「できるよ。制限があるけれどね」

付加魔法――ゲーム世界ではよく出てくる補助系の魔法だ。

例えば動きを速くしたり、ダメージをなくしたり、属性をつけたりといったところ。

ただ、回数制限とか時間制限があるのが普通。

さらにそれを補助するために、魔力回復や体力回復の薬がある。

『誓いの王国』の乙女ゲームも、途中途中で訓練イベントが発生して戦闘もあった。

プレイしていた頃はヒロインサリアとして訓練し、戦闘していたが主に『回復』や『属性付加』などのサポートに回る役割だったのを思い出す。

（ランベルトとオルラルドはさすが直系の王族だったから、ステータスのバランスが良い上に高かったのよねー。ランベルトは王太子だからサポートするだけじゃ攻略できなかったけれど）

しみじみとしてしまう。

凛子の時代はよかった。こうして乙女ゲームのキャラになった今、リアルだとランベルトもオルラルドも、少々お馬鹿で女好きだと知ることもなかったから。

よくよく考えてみたら追放後に登場したリベリオとかエイドリックとか――イケメンなのにクソばっかりだ。

（この世界には駄目男しかいないの!?　いやいや、私に近づく男が駄目ばかりなのかもしれない……）

ずーん、と落ち込みたくなった。

「アデリーナさん？　それでいいですか？　あなたには二倍の力が付加する魔法をかけるということで？　それとも三倍にしますか？　よければ防御の魔法も使って構いませんよ、私だって、女性に傷をつけるような真似をしたくはありませんし」

「優しい台詞だけれど、お断りするわ。『そこまでしても勝てっこない』ってダダ漏れしてるし」

顎を上げてアデリーナを見据えるエイドリックは今まで見たことないほど、傲慢な表情が出ている。

それだけでも闘志が湧いてくる。

アデリーナは『付加魔法』の呪文を唱えた。

「私の制限時間は五分。過ぎたらまた魔法をかけ直さなきゃいけない。それまでには決着をつけたいね」

「大丈夫ですよ。そこまで時間もかからずに勝負がつきますから」

とエイドリックは構えた。ボクシングの構えだ。

拳だけじゃないだろうと警戒しておく。

「負けるわけにはいかないんだよ。リミア商店街のためにも――あんたのためにもね」

「私のため？」

「行くよ！」

エイドリックの問いに答える前にアデリーナは動いた。

駆けてエイドリックに近づき拳を突き出す――前にエイドリックの右足がアデリーナの横っ腹に向かう。

――やっぱり。

アデリーナは地面を蹴って体を横に逃がした。

「――⁉」

グン、と足が伸びた気がする。当たらないよう逃がしたはずなのに、このままでは腹に当たる。咄嗟に腕で横っ腹を庇いながらさらに前へ逃げた。

その行動に驚いたのはエイドリックだ。

腕で庇ったまま横に吹っ飛ぶか、避けて後ろに飛ぶかと予想したのに、自分の懐に向かってくるとは。

アデリーナの右腕が伸び、エイドリックの襟首を掴もうとする。

エイドリックも顔を横に逸らせ、握った拳をアデリーナの頬に向けて打ち込もうとする。

「っ⁉」

エイドリックの拳をアデリーナの左手が受け止めた。

受け止めた拳が打撃だったのか、アデリーナの顔が歪む。

エイドリックは両足をつきアデリーナが受け止めている拳にさらに力を込めようとするが、エイドリックにとって信じられないことが起きた。

受け止めたアデリーナの左手で拳をかわされたのだ。あっさりと。

力ずくで振り払った感じではない。ごく自然に流れるようにかわされた。

「――なっ⁉」

本当に一瞬だった、襟首を掴まれたと同時後ろへ引っ張られる。

倒される⁉

エイドリックは体を反転し、アデリーナに覆い被さる形にもっていくが、それこそ彼女の思うつぼだった。

右腕を捻られながらアデリーナの体はくるんと回転する。と一緒にエイドリックの体も回転しそのまま後ろへ倒された。


なんだ？　今のは？


エイドリックは自分が地に背中をついていることも、アデリーナが立って自分を見下ろしていることも信じられず、ぼうっとしていた。

まるで空気を相手にしているようだった。

まさか体術で負けるなんて、しかも女性に。

「そんなこと……信じられるか⁉」

「っ⁉」

飛ぶように立ち上がったエイドリックの右手が、パチパチと鳴っている。

雷の魔法だ。

「自分で作ったルールを破ろうってのかい？」

「黙れ！　貴様こそ魔法で私を倒しただろう！　反則したのはそっちが先だ！」

拳がアデリーナに向かって振り落とされた。

バチバチと激しい音を鳴らしながら、雷はアデリーナに当たる。

「ふん」と自分の勝利を確信したエイドリックだったが、それは間違いだったとすぐに気づいた。

アデリーナは無事だった。

手にしていたのは本物のガラスのサンプル。

「すご……っ！　本当に雷も防ぐんだ」

「くっ……！」

エイドリックは第二波を放つ。しかしそれは苦しみ紛れにすぎず、弱々しい電流がアデリーナに向かって放たれただけだった。

「しゃらくさい！」

アデリーナはガラスのサンプルで、その電流を力の限り叩き返す。

電流は元の主――エイドリックのもとへ返り、ちょっとした爆発が起きた。

「あ、私の炎属性がちょっぴり混ざっちゃった」

てへ、と舌を出しながら仰向けに倒れたエイドリックの側へ歩み寄る。

「言っとくけど、体術での勝負のとき、あんたの許した『力二倍』の付与魔法しか使ってないよ」

「う、嘘だ……」

「私の体術は相手の力を利用するものなんだ。か弱い女性向きなんだよ」

煤《すす》と火傷でボロボロになったエイドリックを、覗き込むように腰を屈む。

「私の勝ちだ。金輪際嫌がらせはやめてもらうよ。表向きのあんたの顔のまま、リミア商店街の復興をやってもらう。ガラスの発注もやり直すんだよ」

「し、知るか……そんなもの貴様が勝手にやれ……」

誰がやるもんか、と吐き捨てたエイドリックの胸ぐらをアデリーナは勢いよく掴んだ。

「男だろ！　約束は守りな！　なんだい、そのでかい図体は見せかけだけなのか！」

「――っ⁉」

アデリーナと鼻が付くくらいに顔が近い位置で怒鳴られ、エイドリックは息を呑み込む。見たことがないくらい激情を表情に乗せたアデリーナの顔を見て、知らず体が震える。

彼女が纏う空気も、まるでナイフのように切りかかってくる。

エイドリックの目は彼女の後ろに、口が裂け角の生えた女までも見えてくる。

「いいかい？　復讐したければ勝手にやればいい。けどあんたは自分の復讐のために、この住民達の生活をめちゃくちゃにしたんだ！　たくさんの人を巻き込んだんだ！　その落とし前をつけるべきだろう！　それをしないで『男』を名乗るんじゃないよ！」

「けど、俺の復讐は終わっちゃいない……！」

「だから！　こそこそやるんじゃないっての！　住民を巻き込まずに復讐したい相手を狙い撃ちしな！　剣や魔法を使ってもいい！　嫌なら拳で語ってもいい！　どれも嫌ならペンで語ってもいい！」

迫力に押され、エイドリックは黙ってアデリーナの言葉を聞く。

怒りの表情で自分を見ていた彼女の顔が、憐憫の色を乗せてきた。

「……一番訴えたい相手をいつまでも放置して遠回りして……それじゃあ、いつまで経っても終わりゃあしないよ」

「……ああ」

そうだ、終わらない。エイドリックだって気づいていた。

本当はこの不満を、絶望を、わかってほしかった相手に一言だって伝えていない。

ただ、勇気が持てなかったのだ。今まで抑えつけられてきた恐怖に勝てなくて。

回りくどいことばかりして、逃げていた。

「アデリーナさんは……元婚約者には伝えたのですか？　無念さを」

「私のはね、言っても無駄だったのさ」

――追放までシナリオ通りの世界だったから。

エイドリックの胸ぐらを離し、アデリーナは彼から離れていく。

「いいかい？　男ならちゃんと落とし前つけなよ。あんたが住民を導いていく富と権力を持つならなおさらだ。まっとうに生きている堅気の人間の生活を守ることが私らの使命なんだ」

「アデリーナさん……すみません」

エイドリックはその場で姿勢を正し、アデリーナに頭を下げた。

「謝る相手を間違えてるよ」

「いいえ、間違えていません。……私は、あなたが私を怪しんでいると気づいたから、誘惑して誤魔化そうとした」

「……それは忘れてあげる」

アデリーナは、後ろを振り向かずその場を去っていった。

# 第十二章　姐御と呼ばないで！

それから半年後――。

「三、二、一……ゼロ！」

噴水広場に集まった住民達が声を揃えてカウントを数え、ゼロになったとき、パンパンパンと空砲が鳴り、雲一つない青空に何百個という色とりどりの風船が一気に舞い上がった。

アローラの市長と商工会議所の重役、そして商店街の理事長のエイドリックの三人が、商店街の噴水広場出入り口に取り付けられたテープを一斉に切った。

同時に「待ってました」と言わんばかりに人が商店街に入っていく。

一年はかかると思っていた屋根のリニューアルも、心を入れ替えたエイドリックが工人を倍に増やし、スピードアップした。

リミア商店街も、リベリオ達が出稼ぎに行ってしまった住民達に働きかけてくれたおかげでだいたい戻ってきてくれた。

それでももう商売から手を引くという者もいて、新しく店舗の募集をかけた。

噴水広場の目の前で惣菜店を開いていた、あの中年の女性は宣言通りに店を閉め、店舗をエイドリックに返し、田舎へ引っ込んでいった。

アデリーナはエイドリックからその店を借り、改装してカフェレストランをオープン。

上流階級が利用するような高級さを感じさせる造りでありながら、一般市民や子連れでも気軽に利用できるよう、工夫した。

メニューや従業員教育は凛子時代の記憶を参考にしたら、ファンシーショップとともに地方紙に掲載され、オープン前から注目されていた。

――そういうわけだからアデリーナは、ここ数日目の回るような忙しさだった。

そして商店街リニューアルオープンの今日、忙しさが最高潮に達する。

それでも気持ちが高揚しているせいか、アデリーナはまったく疲れを感じなかった。

「アデリーナお姉ちゃん、その格好可愛い！」

エリンが目を輝かせ、アデリーナの周りをくるくると回る。

「うふふ、ありがとう。このヘアアクセ、エリンのお母さんのお手製なんだよ」

と、エリンから見えやすいよう屈んで指さす。

しっかりコテをかけるとクルンクルンのフランスパンヘアになるので、ざっと櫛《くし》をいれた頭に手のひら大の小さなシルクハット型のヘアアクセサリー。

女の子が「可愛い」と手に取ってもらえるよう、布の花とリボンを付け、さらにパールとレースが垂れるよう縫い付けた。

服装はジャボ付きの袖の多重フリルブラウスに、膝丈のジャンパースカートだ。

チェック柄で裾は幅広レース。リボンでウエストマークをして中にパニエを穿いてふわりと広げている。

靴はリボンストラップシューズに編み上げのオーバーニーの靴下。

前世で言えば要するにロリータファッションだろう。

「ファンシーショップの店員はこんなイメージの服を着てもらっているの。好みもあるから三種類ほど制服も用意してあるのよ」

「わぁ！　エリンも大きくなったらアデリーナお姉ちゃんのお店で働く！」

「楽しみしてるわね」

エリンと別れ、アデリーナはパン屋に行く。

そうカストの店だ。

カストの店では今日は店頭販売もしている。

五品以上お買い上げのお客様に、今日に限りパン籠をプレゼントするという企画だ。

珍しい企画に早くも店内も人がいっぱいだ。

特に売れているのは『スタッフドバケット』という惣菜パン。

『軽くつまめて可愛くて女の子ウケするようなパンはないか?』と相談を受けて、アデリーナは前世で作ったレシピを渡した。

フランスパンをほじって中に好きな具を詰め、馴染ませて輪切りに切っていくもの。

だが、もう一工夫。小さなフランスパンを焼いてもらって、ホットドックのように歩きながら食べれるようにしたのだ。

中に具をしっかり詰めているから、挟んだ具がこぼれ落ちることなんてない。

相性のいいポテトサラダ、男性も納得できる焼き肉を詰めたもの、お菓子感覚で食べられるチーズクリームと果物の甘い具材の三種類を用意した。

「アデリーナの姉ちゃん! 見てくれよ、この人だかり!」

店頭販売していたカストが、自慢げに話しかけてくる。

「うん、すごいわね! プレゼントの籠は足りそう? なくなりそうになったら早めに言うのよ」

「了解!」

子供らしい笑顔を向けるカストにアデリーナも嬉しくて笑いかける。

そうっと窓から店内を覗くと、カストの母親が中で会計に勤しみ、厨房から父親が焼きたてのパンを持って出てくるところだった。

リミアの様子を聞いて父親が戻ってきたのだ。

戻ってきたとき、父親の顔がめちゃくちゃ腫《は》れていた。それはカストの母親が、ヘラヘラ笑いながらのこのこと戻ってきた旦那に激怒して、こん棒で叩いたらしい。

妻子を放り出して黙って消えた罰としては生ぬるいとアデリーナは思ったが。

（まあ、よかった。もうスリなんてしなくて大丈夫ね）

家族としての本当の姿があってアデリーナもホッとする。

「しかし姉ちゃんの格好……すげーな」

元スリ集団の他の子供達が目をまん丸にして、アデリーナを囲んだ。

「いいの！　私の趣味なんだから！　第一、私の格好でビックリしていたらフェルマーレンに行けないわよ！　踝までのドレスなんて当たり前の国なんだから！」

フリフリやレースの似合う金髪碧眼の美少女になったのだ。

どんどんいろいろなファッションに挑戦しないと、あっという間に似合わない歳になってしまう。

たとえ目がキツい悪役令嬢だとしても、だ。

「ほらほら、あんた達も自分の親の店を手伝いなさいよ」

「はーい、じゃあ、姉ちゃんまたね！」

子供達を見送ってからアデリーナは自分の店に向かう。

系統の違う二つの店を開店したから大変だ。仕事に真面目そうな者を店長にして任せたが、任せっきりで店に顔を出さないのはよくないことをアデリーナは知っている。

「アデリーナさん」

店に向かう彼女を遮った者がいた。エイドリックだ。

「リニューアルオープン大成功ですね」

「皆さん、頑張ってくださったので」

と笑いかけてくるエイドリックの表情は明るい。


あのタイマン勝負のあと、約束通り再見積もりし、新たな予算で組み直した。

やはり高くなった予算に反対の声が上がったが『十年かけて工賃を回収する』『赤字のままだったら自分が責任を持つ』とエイドリックが皆を説得したのだ。

そして工事の準備を整えたあと、彼は消息を絶った。

『逃げた？』と大騒ぎになったが、工程表や諸々の手続きを済ませてあった上に『一旦実家に戻ります』と置き手紙もあったことから、アデリーナは『信じて待ってみよう』と役員達を説き伏せたのだ。

アデリーナは彼のしたことは皆に話さなかった。

商店街の住民の彼への信頼の高さを考えると、自分の胸の内にしまっておくのが一番だと思ったからだ。

ただ——理事長代理に自分を指名されたことは困ったが。

他にやる人がいないし、とのことで引き受けたが本当に体が二つあっても絶対足りない日々だった。

なにせ役員の連中ときたら『歳なせいかフットワークが重くてよ』となかなか腰が上がらないのだから。

補佐を買って出たリベリオ達がいなかったら、過労で倒れていたかもしれない。

それと年寄りの腰の重たさには港長が檄《げき》を飛ばしてくれた。

（港長、やっぱり好き！）

なんて思ってしまうアデリーナだ。妻帯者なので恋愛対象から外れたが。

そんな、わちゃわちゃな日々を送って三ヶ月ほど経った頃に、ようやくエイドリックが戻ってきたのだ。

久しぶりに再会した彼の姿はやはり上流階級の青年らしく、上品でそつがない。

だが雰囲気はずいぶん変わった。

慇懃無礼な態度でありながら、プライドの高さが先立っていたのに、全体に物腰が柔らかくなっていた。

どうやら、父親と話し合うために帰ったらしい。

『で、どうだったの？』

『決裂しました！』

とアデリーナの問いに元気よく返答したが。

長く言い合いをしていたがエキサイトして口喧嘩。

最後には殴り合いになって『出ていけ！　二度と家の敷居をまたぐな！』と鼻血だらけの顔で罵倒されたという。

『わかり合えなかったけれど、さっぱりしました。初めて父を殴ったし、あの偉そうな態度をコテンパンにしたかったんですよね』

そのときの父親の顔を思い出したのか、ははは、と豪快に笑うエイドリックを見て、

『こういう解決方法もありなのかな？』とアデリーナは思った。

それから理事長の座をエイドリックに返し、今こうしてリミア、ルルエ、ベルティの一斉リニューアルオープンにこぎ着けたのだ。

「とにかく無事にオープンできてよかったわ」

「ええ、本当に。……それで、アデリーナさんにお話があるのですが」

いきなり改まってきたエイドリックに、アデリーナも背筋を伸ばす。

と、言うのも、エイドリックの頬がうっすらと赤く染まっているし、瞳が潤んでいるように揺れている。どこか気恥ずかしそうに体を揺すり始めたのだから。

（もしかしたら……もしかして？　愛の告白？）

前の告白は自分を疑いの目から逸らすための偽りだった。

――でも、今回のは。

アデリーナの胸もトクトクと早鐘を打ち、年頃の乙女の心境に返っていく。

いや、本当にまだ十代の乙女なんだから！　と一人ボケとツッコミをしながらエイドリックの次の言葉を待つ。

「その……アデリーナさんに本気で惚れました」

――やっぱり！！！

リンゴンリンゴンと、頭上で天使が鐘を鳴らしている。

しかし彼の次の言葉で、天使は鐘を持って慌ただしく去ってしまった。

「今後、アデリーナさんの配下にしてください！」

「えっ？　配下？」

「はい！　私もリベリオ達のようにアデリーナさんのことを『姐御』と呼んで付き従いたいのです！」

「ちょっ……！　ちょっと！　私、そんなこと！　私は自分の下に部下なんて置かないし！　それに『姐御』ってリベリオ達が勝手に言ってるだけで私は許可して……っ！」

腰が引けつつ反論するアデリーナの前に突然、リベリオが出てくる。

ジロリ、と下から見上げるようにエイドリックを睨みつける。

「おい、エイドリックさんよ……」

「なんだ？」

リベリオとエイドリックの睨み合いに、今度は息を呑むアデリーナ。

が、睨み合いから一転、互いに破顔しながら肩をたたき合った。

「そうだよな！　アデリーナの姐御は最高だぜ！　一緒に姐御を支えて行きましょうぜ！」

「ええ！　腕っ節もいいし、啖呵を切ったときのあの迫力といい、普通の女性にはないものがありました！」

「痺《しび》れるよな！　よし！　俺の店の二階を事務所にしよう！」

「いい案ですね！」

勝手に話を進めていく二人にアデリーナはオロオロするばかり。

「いいですよね？　アデリーナの『姐御』」

顔じゅうに笑いが溢れた二人に気圧るが、それでもアデリーナは必死に声を上げた。

だって料理上手で、可愛い服の似合う女の子を目指しているのに、そんな任侠道がピッタリな表現は前世でお腹いっぱい！

「『姐御』と呼ばないでぇーーー！！！」

必死の訴えも、商店街を行き来する賑やかな人々の声にかき消されていった。

おわり

コスミック文庫α

# 悪役令嬢《あくやくれいじょう》に転生《てんせい》したら
# 姐《あね》さんと呼《よ》ばれて親《した》しまれています

【著者】　鳴澤《なるさわ》うた
【発行人】　杉原葉子
【発行】　株式会社コスミック出版
〒154-0002　東京都世田谷区下馬 6-15-4
【お問い合わせ】　一営業部一　TEL 03(5432)7084　FAX 03(5432)7088
一編集部一　TEL 03(5432)7086　FAX 03(5432)7090
【ホームページ】　http://www.cosmicpub.com/
【振替口座】　00110-8-611382
【印刷／製本】　中央精版印刷株式会社


ISBN978-4-7747-6237-1 C0193